HAÏTI

SES PROGRÈS. — SON AVENIR

PARIS

IMPRIMERIE DE L. TINTERLIN ET Ce

3, RUE NEUVE-DES-BONS-ENFANTS.

HAÏTI

SES PROGRÈS — SON AVENIR

AVEC UN PRÉCIS HISTORIQUE SUR SES CONSTITUTIONS,
LE TEXTE DE LA CONSTITUTION ACTUELLEMENT EN VIGUEUR
ET UNE BIBLIOGRAPHIE D'HAÏTI.

PAR

ALEXANDRE BONNEAU

PARIS
E. DENTU, LIBRAIRE-ÉDITEUR
PALAIS-ROYAL, 13 ET 17, GALERIE D'ORLÉANS

1862

HAÏTI

SES PROGRÈS. — SON AVENIR

CHAPITRE PREMIER

Rôle et mission d'Haïti. — Utilité et nécessité de son indépendance au point de vue de l'émancipation des Noirs dans le Nouveau-Monde.

L'annexion de la République Dominicaine à l'Espagne a vivement impressionné l'opinion publique. La trahison de Santana a été l'objet d'une réprobation universelle; mais l'Europe a accepté le fait accompli, pour ne pas ajouter une difficulté nouvelle à celles d'une situation pleine de complications sans nombre et de périls qui préoccupent tous les gouvernements et menacent directement beaucoup d'entre eux.

Ce n'est pas, toutefois, sans irritation, qu'on a vu l'Espagne prendre possession d'un territoire qui tend à l'investir dans la mer des Antilles d'une prépondérance dont elle pourrait abuser au détriment de la race noire, et à celui du commerce, en élargissant les opérations de la traite, en étendant l'institution condamnée de l'esclavage, et en créant, dans la baie magnifique de Samana, un arsenal maritime qui lui permettrait de dominer sur le golfe du Mexique, rendez-vous des nations. C'est en Angleterre et en France que ces craintes se sont le plus énergiquement manifestées.

Ne possédant plus dans les Antilles que la Guadeloupe et la Martinique, la France a été particulièrement froissée de cet élan brutal de l'ambition espagnole, et quelques écrivains, tirant de ce fait réel de fausses inductions, ont prétendu que l'annexion de la République Dominicaine impliquait celle de la République Haïtienne par la France, son ancienne métropole.

Il faut, pour exprimer une pareille opinion, méconnaître entièrement les sentiments de justice et de grandeur qui distinguent la France entre toutes les nations. Elle a regretté, sans doute, la perte d'une colonie qu'elle avait élevée au faîte de la prospérité et qui lui assurait un rôle prééminent dans les Antilles ; mais elle a pris son parti de cette séparation violente ; elle a reconnu franchement l'indépendance d'Haïti, et aujourd'hui elle regarde comme un fait providentiel l'émancipation de la race noire de Saint-Domingue, qu'elle avait préparée en infusant au milieu d'elle son sang généreux et les idées fécondes qui lui ont permis, à elle-même, de se régénérer dans la glorieuse révolution de 1789.

Revendiquer ses anciens droits, ne serait-ce pas protester contre la liberté, contre le principe de la souveraineté nationale, contre le respect des traités? Qu'on cesse donc d'attribuer à la France un tel projet : elle le repousse du haut de sa dignité.

Elle sait, d'ailleurs, qu'Haïti a une grande mission à remplir dans le Nouveau-Monde, où l'on compte près de dix millions de noirs, dont huit millions sont encore esclaves. Si les puissances européennes ont procédé graduellement à l'émancipation, c'est à l'indépendance de la race africaine d'Haïti qu'il faut surtout en rendre grâce, parce que la présence de 700,000 noirs libres dans les Antilles était une protestation continuelle contre le régime barbare de l'esclavage, et de ce fait même ne faut-il pas conclure, n'est-il pas évident, que l'influence pacifique d'Haïti sera aussi profitable dans l'avenir qu'elle l'a été dans le passé ?

L'esclavage, nous l'espérons, sera bientôt aboli dans les États-Unis, et si son sceptre est brisé dans l'Amérique du Nord, il ne saurait tarder à l'être également au Brésil, à Cuba et à Porto-Rico. Qu'arrivera-t-il alors ? Il arrivera que les noirs et les mulâtres, fuyant les préjugés de couleur qui subsisteront longtemps encore, accourront par milliers et par dizaines de milliers à Haïti, sur la terre sainte de leur race, pour devenir citoyens du seul État noir qui existe dans le Nouveau-Monde. Les gouvernements seront les premiers à favoriser cette émigration, et la République Haïtienne marchera d'un pas plus sûr et plus prompt dans la voie du progrès et de la civilisation.

Voilà ce qu'on peut entrevoir dans un avenir qui n'est pas éloigné. Haïti a donc plus que jamais sa raison d'être. Nous dirons plus ; l'ancienne île espagnole, l'ancienne colonie française, est la pierre angulaire d'une grande confédération mulâtre et noire qui nous paraît destinée à régner sous ce climat magnifique mais énervant des Antilles, où les blancs sont incapables de remplir le premier devoir de l'homme : celui du travail.

Des publicistes qui, dans la succession rapide des temps, ne savent distinguer que le moment présent, prétendent que la race africaine a donné, en Haïti, la mesure de ce qu'on peut attendre d'elle ; qu'elle est en pleine décadence, et qu'elle court à pas rapides vers la barbarie primitive d'où les colons l'avaient tirée à grands coups de fouet. Ils assurent, comme corollaire, qu'il serait éminemment heureux pour les Haïtiens de perdre leur indépendance pour retomber, non pas en qualité d'esclaves, mais comme travailleurs libres, sous la domination et sous la tutelle de la France, de l'Espagne ou des États-Unis.

Nous allons les suivre sur ce terrain. Nous n'aurons pas à constater chez les Haïtiens des progrès éclatants ; car ce n'est pas en un demi-siècle qu'un peuple parti de si bas peut se transformer et se transfigurer ; mais nous prouverons sans peine que si la jeune République n'a pas rempli toutes les espérances conçues et proclamées, au jour de la lutte, par les négrophiles, aussi exagérés dans leur sollicitude que les anti-abolitionistes dans leur haine, elle n'est pas demeurée stationnaire ; elle a marché, au contraire, et les hommes de bonne foi qui nous suivront dans l'examen que nous allons faire de la situation matérielle et morale d'Haïti, partageront notre confiance et reconnaîtront avec nous que cette nation n'est pas de celles dont il faut désespérer.

Nous avons dit assez souvent et assez haut à la population noire et mulâtre des vérités qu'il ne lui était pas agréable d'entendre, pour espérer qu'on tiendra compte, en Europe, de notre opinion, lorsque nous élevons la voix pour défendre un peuple si obstinément calomnié par les ennemis de la race africaine et de l'émancipation des Noirs. Nous nous appuierons, d'ailleurs, sur des faits et sur des chiffres auxquels il faudra, bon gré mal gré, subordonner les idées préconçues.

CHAPITRE II

Situation critique des Haïtiens après la guerre de l'indépendance. — Progrès réalisés. — Littérature nationale. — Instruction publique réorganisée par le président Geffrard. — Cultes. — Magistrature. — Armée. — Marine.

Pour se rendre bien compte de l'état actuel de la nation haïtienne, il faut se reporter à soixante-dix ans en arrière.

La population totale de la colonie était d'environ 700,000 individus (1), dont 40,000 hommes de couleur ou noirs libres. La masse soumise au régime de l'esclavage, était composée d'Africains nés dans le pays ou achetés aux négriers. Les colons n'avaient introduit, parmi ces malheureux, arrachés à une terre fertile, mais barbare,

(1) Cette population occupait la même étendue de pays qui appartient aujourd'hui à la République Haïtienne. La partie française ne forme que le tiers environ de l'île entière : elle a trois cent cinquante-une lieues françaises de côtes ; la ligne frontière qui la sépare de la partie espagnole présente un développement de quatre-vingt-treize lieues. La superficie totale de la République est de mille six cent trente-deux lieues carrées.

qu'une apparence de civilisation, dont les traits généraux et caractéristiques étaient : un langage unique, le patois créole, un vernis de Christianisme et la discipline des ateliers.

C'était strictement tout ce qu'exigeaient les besoins d'ordre matériel pour rendre fructueuse cette exploitation du plus faible par le plus fort. Si l'on pénétrait au fond de cette situation créée par l'avidité et maintenue par la force, que voyait-on ? L'absence totale des notions les plus élémentaires de la vie civilisée ; quelques noirs à peine savaient lire et écrire ; ils ne connaissaient du Christianisme que les pratiques les plus grossières combinées avec les mille et mille superstitions de la race africaine primitive ; on allait jusqu'à leur interdire, par raison d'État, le mariage : le concubinage, sinon la promiscuité, était le lien moral de ces populations déshéritées.

Telle était la race noire lorsqu'elle se leva pour conquérir, les armes à la main, son indépendance. La lutte fut acharnée, et lorsque Saint-Domingue devint Haïti, le pays n'était plus qu'une ruine immense, les habitations avaient été pour la plupart brûlées ou dévastées, et il ne restait aux noirs émancipés que des villes, des villages, un sol fertile, quelques usines, des bras vigoureux, mais pas de capitaux pour exploiter en grand les richesses de l'île et pour continuer le mouvement industriel inauguré par les colons. Ajoutez qu'une anarchie profonde avait succédé au régime colonial, et qu'il fallait asseoir sur des bases nouvelles la vie sociale de ce peuple naissant.

Haïti eut donc à traverser une période difficile, périlleuse même, pour une population qui ne connaissait encore de la civilisation que le travail forcé, de la liberté que la licence, de l'indépendance que les guerres intestines, et des relations internationales que les instincts sauvages de la haine, de la vengeance et d'une méfiance trop légitime. Mais elle portait dans son sein deux éléments précieux d'ordre et de progrès ; l'esprit de douceur, de bonté et d'honnêteté qui caractérise la race noire, et l'intelligence éclairée des hommes de couleur initiés à la civilisation européenne. Du rapprochement, de la fusion et de l'action combinée de ces deux éléments sortit peu à peu la constitution régulière de la société haïtienne.

Il est à peine besoin de le dire; pendant ces phases douloureuses d'élaboration et de tâtonnements, l'instruction publique fut presque entièrement oubliée. Les colons n'avaient pas prêché d'exemple ; ils redoutaient les effets de l'émancipation intellectuelle de leurs esclaves, et à l'époque où la révolution vint à éclater, les villes les plus importantes, si l'on excepte le Cap et Port-au-Prince, n'avaient pas encore d'écoles, malgré les généreux efforts tentés de 1714 à 1742 par le père Boutin. Le plan d'instruction publique conçu par Christophe ne fut guère organisé que sur le papier ; Pétion, l'illustre fondateur de la République Haïtienne et du lycée de Port-au-Prince, ne vécut pas assez pour réaliser les projets qu'il avait conçus ; Boyer ne sut pas, malheureusement, profiter des loisirs d'une longue paix pour développer l'œuvre inaugurée par Pétion ; les hommes qui, après sa chute, occupèrent tour à tour le fauteuil présidentiel n'eurent ni les moyens ni le temps de s'occuper de l'instruction publique, et Soulouque était trop ignorant pour en comprendre l'importance.

La période d'un demi-siècle sur laquelle nous venons de jeter un rapide coup d'œil a vu naître pourtant une littérature, riche déjà en œuvres poétiques et historiques.

Signalons, parmi les poètes : Dupré, qui cultiva tout à la fois l'ode, la chanson, l'épigramme et le genre dramatique ; le fabuliste Milscent, Juste Chanlatte, Hérard Dumesle, Seguy Villevaleix, Ignace Nau et Coriolan Ardouin, deux amis morts avant l'heure, dont les vers pleins de grâce et de suavité seraient applaudis, même en France, et M. Pierre Faubert, qui joint à une élégance soutenue une grande pureté de style.

Dans le genre historique nous citerons : les *Mémoires* de Boisrond Tonnerre ; ceux d'Isaac-Toussaint Louverture et d'Inginac ; l'*Histoire d'Haïti*, (3 vol. petit in-4°) de M. Thomas Madiou, qui, le premier, réunit les annales éparses de son pays, et ouvrit avec une rare distinction l'ère des investigations sérieuses ; les *Études sur l'Histoire d'Haïti* (onze volumes in-8°), par M. B. Ardouin, qui, sous ce titre trop modeste, a écrit l'histoire complète de sa nation, avec cette sûreté de jugement et cette justesse d'appréciations que donne une longue expérience des affaires ; la *Vie de Toussaint Louverture* et *l'Étude sur Pétion et Haïti*, par M. Saint-Remy, écrivain distingué, qui mourut avant d'avoir achevé ce dernier ouvrage ; l'*Histoire des Caciques d'Haïti*, par M. Emile Nau, où l'on voit, retracés avec un talent sympathique, les souffrances et le martyre de la race indigène ; l'*Essai sur les moyens d'extirper les préjugés de couleur*, qui valut à M. Linstant-Pradine le grand prix de la société française pour l'abolition de l'esclavage ; et le *Recueil général des lois et actes du gouvernement d'Haïti*, collection éminemment utile, réunie par le même auteur.

A cette nomenclature, nous aurions pu ajouter d'autres œuvres poétiques et historiques, des romans, des pièces dramatiques ; nous aurions pu exposer le rôle de la presse haïtienne, qui, dans des circonstances difficiles et critiques, a su discuter les plus hautes questions de la politique et de l'économie sociale ; mais nous en avons assez dit pour montrer que l'intelligence ne s'est pas endormie en Haïti. Constater un pareil fait, au milieu d'un peuple si jeune dont l'indépendance n'a été reconnue qu'en 1825, n'est-ce pas prouver sa vitalité, son énergie et son aptitude au développement social ?

L'instruction publique est la pierre angulaire. C'est sur elle que repose l'avenir. Il existe dans la population noire un fond d'honnêteté qui a frappé tous les étrangers appelés à vivre au milieu d'elle. On peut parcourir le pays tout entier sans escorte, et le voyageur, fût-il chargé d'or, trouve dans les communes les plus retirées et jusque dans les gorges des montagnes la même sécurité que dans les rues de Port-au-Prince. Le vol à main armée est inconnu en Haïti. Ce peuple manque pourtant de sens moral, puisqu'il n'a pu jusqu'à présent édifier la famille sur la base sacrée du mariage. Il est doué d'une grande vigueur physique, mais il laisse croupir ses forces dans l'indolence et dans l'abus du tafia. Il possède le sentiment religieux ; mais cet élément de moralisation se perd au milieu de superstitions absurdes, et les Haïtiens se laissent exploiter et diriger par une foule avide de charlatans et de sorciers, marchands de gris-gris ou d'amulettes, brûleurs de cierges ou favoris de la couleuvre.

Voilà le mal ; il faut l'extirper à tout prix, et le temps presse. Le remède, heureusement est connu ; nous l'avons nommé ; c'est l'instruction publique. Quand l'intelligence s'éclaire, la civilisation commence, la lumière dissipe les ténèbres, l'homme sent mieux sa dignité ; il se moralise, une ambition légitime vient le stimuler, il n'aspire qu'à s'élever, il sent la nécessité de travailler pour lui-même et pour ses enfants, et la prospérité générale est le fruit de tous ces efforts individuels. Détruisez donc l'ignorance !

Tel est le but que s'est proposé le président Geffrard. Il a voulu réparer les fautes de ses prédécesseurs et réaliser le vœu de la constitution de 1846, qui dit : « L'enseignement est libre, et des écoles sont distribuées graduellement, à raison de la population (1). » Dès qu'il eût renversé la tyrannie aveugle et imprévoyante de Soulouque, dès qu'il eût restauré le gouvernement républicain, il décréta l'établissement de deux écoles par commune, ce qui en portait le nombre à cent trente, et depuis lors, d'accord avec les ministres, et secondé par les chambres, il a travaillé avec tout le zèle d'une conviction profonde à l'accomplissement de ce programme.

Cinquante-six écoles rurales fonctionnaient en 1859 ; à la fin de 1860, on en comptait quatre-vingt-dix, et les quarante qui manquent encore auraient été installées si l'on n'eût été momentanément arrêté par la difficulté de se procurer de bons maîtres.

La femme joue un rôle immense, non seulement dans la vie de famille, mais encore dans le développement moral des peuples et dans leurs destinées politiques, puisque

(1) La Constitution de 1816 disait : « Il sera créé et organisé une instruction publique, commune à tous les citoyens, gratuite à l'égard des parties d'enseignement indispensables pour tous les hommes, dont les établissements seront distribués graduellement dans un rapport combiné avec la division de la République. » L'article 36 de la Constitution de 1846, dont nous avons donné le texte, n'a pas la même précision ; mais les principes posés par la Constitution révisée de 1816 subsistent en fait.

c'est à elle qu'il appartient de former le cœur des enfants, qui seront un jour la nation, et de donner à leur intelligence cette direction première que l'homme subit jusqu'à sa mort, ces principes, cette empreinte qui marquent son individualité d'un sceau presque indélébile. Il importe donc de donner des soins attentifs à l'éducation des femmes, et ce devoir de tous les gouvernements est particulièrement important et urgent en Haïti ; car, indépendamment de l'influence de l'éducation maternelle sur les enfants, l'instruction donnée aux femmes aura pour conséquence nécessaire d'élever en elles le sens moral, de rendre leurs sentiments plus délicats et de porter un coup décisif à la funeste habitude des unions illégitimes, contractée sous l'empire du régime colonial.

L'éducation des femmes ne pouvait donc être négligée par un gouvernement si préoccupé de la régénération de son pays. Des écoles spéciales ont été fondées pour les filles. Haïti en comptait déjà vingt et une en 1860, et, au 1er octobre 1861, il y en avait cinquante, dans lesquelles on apprend aux jeunes filles, outre l'instruction élémentaire proprement dite, la couture, la broderie et des arts d'agrément. On a institué, en outre, au Cap-Haïtien, une école supérieure de demoiselles sur le modèle de celle de Port-au-Prince.

On a doté les villes principales de lycées, où les jeunes gens reçoivent une éducation supérieure, dirigée surtout vers les choses pratiques. La capitale, naturellement privilégiée, possède des établissements d'instruction publique spéciale, savoir : une école navale, dont les cours, provisoirement interrompus, ont dû se rouvrir avec de nouveaux professeurs ; une école de droit, malheureusement peu fréquentée ; une école de médecine et de chirurgie ; une école de musique, qui réunit plus de cent élèves, car les Haïtiens ont un goût inné pour cet art ; une école de dessin et de peinture ; une école d'arts et métiers, dont les cours sont suivis par quatre-vingts élèves, et qui aura des succursales dans les villes les plus populeuses, parce qu'on sent vivement en Haïti le besoin d'étendre l'instruction professionnelle.

Le gouvernement procède en même temps à la création de fermes-modèles pour propager les bonnes méthodes agricoles, qui contribueront puissamment à accroître les forces productives de la République.

On n'aurait pu trouver dans le pays assez de professeurs pour ces établissements ; on en a fait venir de France pour enseigner les langues anciennes et modernes, les mathématiques, la physique, la chimie, les sciences naturelles, les arts industriels, l'agriculture, etc. Une loi, votée dans la dernière session législative, a fixé les traitements des fonctionnaires de l'instruction publique ; on a nommé des inspecteurs et des commissions locales pour surveiller les diverses écoles, maintenir la rigoureuse exécution des règlements et tenir la main à la réalisation des programmes. Un concours général aura lieu cette année.

Les livres d'enseignement ne manqueront pas aux professeurs et aux élèves, puisqu'on parle, en Haïti, la langue française. Mais on a compris qu'il fallait mettre entre les mains de la jeunesse quelques ouvrages appropriés aux besoins spéciaux du pays, et un prix a été proposé à l'auteur du meilleur abrégé de l'histoire et de la géographie d'Haïti. Le concours est ouvert, et nous avons lieu de penser que les écrivains ne manqueront pas à l'appel du gouvernement. La tâche d'ailleurs est devenue facile depuis la publication des excellentes *Études* de M. B. Ardouin, du *Précis géographique* du même auteur, de la bonne histoire de M. Madiou, et des travaux sérieux à divers titres de MM. Saint-Rémy, Linstant, Nau, etc. M. Dubois, ministre de l'instruction publique, faisait en même temps graver à Paris, à l'usage des écoles, une grande carte de l'île d'Haïti, qui est tout à la fois la plus exacte, la plus étendue et la plus belle qui ait été tracée jusqu'à présent.

Nous ne savons pas quels sont les projets ultérieurs du gouvernement, mais nous pensons qu'il ferait bien de mettre également au concours : 1° une *Histoire abrégée de l'esclavage*, de son abolition progressive, et des grandes agglomérations africaines créées par la traite en Amérique et dans les différentes colonies européennes, avec un appendice renfermant de courtes notices sur les principaux abolitionistes de tous les pays ; 2° un *Dictionnaire biographique* de tous les noirs et des hommes de couleur qui se sont distingués dans les sciences, dans la littérature, dans les arts, dans le gouvernement, etc. (1).

Ces deux ouvrages, à notre avis, seraient de nature à imprimer au sentiment national une direction utile et à exciter une noble émulation dans la jeunesse des écoles et dans la population tout entière. N'est-ce pas à Haïti, la

(1) Le projet d'une biographie des noirs et mulâtres qui se sont rendus célèbres à divers titres avait été conçu en 1837 à Port-au-Prince, par une société composée de MM. Emile, Ignace et A. Nau, trois frères, B. Lespinasse, Céligny Ardouin, B. Ardouin, Thomas Madiou ; mais M. Céligny Ardouin, l'une des victimes de Soulouque, fut le seul qui se mit sérieusement à l'œuvre. Il a écrit la biographie d'une vingtaine de personnages marquants de son pays. Ce travail n'a pas été publié jusqu'à ce jour et peut-être ne le sera-t-il jamais.

première nation qui se soit élevée de l'esclavage à la liberté, qu'il appartient de consacrer un monument aux hommes d'élite de la race africaine, et une place d'honneur, dans l'enseignement public, aux hommes de tous les pays qui se sont voués à la défense des noirs?

Un conseil encore, et il est important.

Il existe dans l'ancien et dans le Nouveau-Monde un grand nombre d'États moins peuplés et moins riches qu'Haïti; et il n'en est pas un qui n'ait une bibliothèque publique. En Europe, chaque ville pour ainsi dire a la sienne, et toutes les communes de France en seront bientôt pourvues. La République d'Haïti se compromettrait, aux yeux des nations, si elle tardait à mettre à la disposition de la partie éclairée de la population ce moyen indispensable de perfectionnement et de civilisation. Mais l'utilité d'un pareil établissement ne saurait avoir échappé au gouvernement du président Geffrard, puisqu'une bibliothèque est le complément et le couronnement obligé de l'instruction publique.

L'enseignement donné dans les écoles, il ne faut pas se le dissimuler, n'est qu'une porte ouverte pour acquérir la vraie, la solide instruction. Les professeurs fraient la route; ils expliquent les principes et les éléments des différentes branches des connaissances humaines; c'est aux élèves à faire le reste. Allez à Paris, visitez une des bibliothèques de cette grande capitale, celle de Sainte-Geneviève, par exemple, située au milieu du quartier latin, et vous verrez assis, autour des longues tables de la salle de lecture, une foule de jeunes gens, élite des écoles, qui viennent demander aux maîtres illustres, dont les ouvrages couvrent les rayons de la bibliothèque, le complément nécessaire des leçons qu'ils reçoivent des plus savants professeurs qu'il y ait au monde.

De lourdes charges pèsent, nous dira-t-on peut-être, sur le gouvernement haïtien ; il faut mesurer et modérer les dépenses; il faut savoir ajourner des améliorations désirables. Nous n'en disconviendrons pas; mais nous croyons que la fondation d'une bibliothèque est une dépense qu'il ne convient pas d'ajourner. On peut même l'établir à peu de frais, et quelques milliers de francs, dépensés chaque année avec discernement, permettraient, dans un temps très-rapproché, d'offrir au public les livres de fonds les plus utiles.

Pour terminer ce que nous avions à dire sur les progrès de l'instruction publique, nous ajouterons, d'après le dernier Exposé de la situation de la République, qu'indépendamment des institutions particulières, dont sept sont subventionnées par l'État, Haïti possédait à la fin de 1861, 235 établissements nationaux, fréquentés en 1860 par 13,000 élèves, et en 1861 par 15,000, soit deux environ pour cent habitants.

Une simple réflexion rendra plus évidente encore, s'il est possible, la sollicitude du gouvernement pour l'instruction publique. Elle nous est inspirée par l'examen du budget pour l'exercice de 1861. Sous l'administration de Soulouque et de ses prédécesseurs, les crédits alloués pour l'instruction publique étaient d'une affligeante parcimonie. On aurait dit que les sommes consacrées à ce service étaient considérées comme une dépense presque secondaire, qu'on ne faisait, en quelque sorte, que par respect humain. Le président Geffrard a mieux compris les besoins de son pays, et le crédit ouvert en faveur de l'instruction publique, dans le budget de 1861, est une preuve nouvelle de l'esprit éclairé qui le dirige dans les actes de son administration.

L'instruction publique vient à peine d'être organisée, en Haïti ; mais les bases de l'édifice ont été sérieusement posées. L'élan est donné. C'est aux Haïtiens de faire fructifier l'œuvre du président Geffrard. Qu'ils lui prêtent donc un concours dévoué, au lieu de dépenser leur activité en intrigues stériles et en petites conspirations, dont toute la portée et la moralité sont exprimées dans ces mots empruntés au langage vulgaire : *Ote-toi de là que je m'y mette.*

Si la révolution est dans certaines circonstances un devoir, elle est, dans d'autres, une faute et parfois un crime. Mais l'expérience est le commencement de la sagesse, et les Haïtiens doivent savoir distinguer maintenant, à des signes certains, les gouvernements qui font les affaires du pays de ceux qui ne cherchent dans le pouvoir que la satisfaction de leurs propres intérêts : il ne s'agit que de procéder par voie de comparaison. Les vrais patriotes et les vrais républicains nous comprendront : ils ne doivent pas oublier que les masses adonnées à la culture des champs n'aspirent qu'à la tranquillité. L'accroissement des produits du sol qui a suivi une marche constamment ascendante, au milieu des agitations sans cesse renaissantes, ne permet pas d'élever à ce sujet le moindre doute. Nous conseillons, en outre, aux Haïtiens qui attachent, avec tant de raison, une importance capitale à l'immigration américaine, de ne pas perdre de vue que cette immigration prendrait infailliblement une autre direction si la République n'offrait pas aux noirs et aux mulâtres des États-Unis toutes les garanties possibles de sécurité.

L'influence religieuse est un moyen de propagande

civilisatrice que le gouvernement aurait eu tort de négliger. Voulant faire concourir le clergé à la régénération du pays, il a entrepris de réorganiser l'Église nationale, et d'en confier la direction à un clergé instruit, honnête et digne d'inspirer au peuple une confiance et un respect que les curés et les desservants haïtiens ont rarement mérités. Ces prêtres, en effet, recrutés à l'étranger, sont pour la plupart des aventuriers attirés dans l'île par l'amour du lucre et la facilité de s'enrichir promptement en excitant et en exploitant à outrance les instincts superstitieux des habitants.

Le président Geffrard a repris, dans ce but, un projet qu'aucun de ses prédécesseurs n'avait pu mener à bonne fin ; celui d'un concordat avec la cour de Rome. Le concordat a été signé ; un archevêque et deux évêques seront bientôt institués et les paroisses recevront des pasteurs dont elles n'auront plus à rougir.

Nous ne pouvons qu'applaudir à la pensée qui a porté le président Geffrard à solliciter le concours du souverain Pontife pour l'aider à faire sortir des ténèbres le peuple qu'il a délivré lui-même de la tyrannie. Qu'il nous soit permis, toutefois, au nom de nos sympathies bien connues pour Haïti, d'exprimer sur ces questions importantes notre pensée tout entière.

La nation est catholique et le gouvernement ne pouvait lui donner qu'un clergé catholique ; mais si les Haïtiens professent cette religion et non pas une autre, ce n'est pas à coup sûr parce qu'ils l'ont trouvée la meilleure, mais parce que leurs ancêtres africains ont été vendus à des maîtres catholiques au lieu de tomber entre les mains de maîtres musulmans, anglicans, luthériens ou calvinistes.

Nous nous trouvons donc placés ici en présence d'un ordre de choses qu'il faut savoir respecter, mais dont l'origine remonte à un fait purement accidentel, et se confond avec le principe même de l'autorité sans bornes qu'avaient les colons sur leurs esclaves. Ce fait accidentel a-t-il bien servi la cause de la civilisation que portait en germe l'institution condamnée de l'esclavage? C'est ce que nous voulons examiner.

S'il ne s'agissait, — disions-nous il y a quatre ans, en traitant le même sujet, — que d'introduire au milieu d'un peuple le culte qui répond le mieux à ses instincts, aucun, sans contredit, ne pourrait être appliqué à la race noire avec le même avantage que le catholicisme. Il n'en est pas ainsi. Le but, le vrai but d'une religion, n'est pas de flatter les penchants de l'homme, mais de corriger ce qu'il y a de mauvais en lui, de développer dans son cœur et dans sa pensée tous les éléments de perfectibilité.

Les fantasmagories abrutissantes du fétichisme paralysent depuis six mille ans le développement intellectuel de la race africaine ; la superstition est en quelque sorte inhérente à sa nature ; il est donc nécessaire d'opposer à ces tendances fâcheuses, à cette pente fatale, une barrière solide, une digue infranchissable, une sorte de rigorisme qui force les noirs à rompre avec toutes les traditions de leur passé. Le catholicisme a fait et fait encore des prodiges de patience, de courage et de dévouement pour tarir les sources de l'idolâtrie et nous n'avons pas l'intention de déprécier ces généreux efforts ; mais le devoir de l'écrivain est de dire la vérité, ou du moins ce qu'il croit être la vérité, et nous déclarons, avec une conviction profonde, que le catholicisme ne possède pas le correctif nécessaire pour extirper le fétichisme qui immobilise les populations noires.

En fractionnant le sentiment religieux, en forçant la pensée à s'éparpiller pour embrasser mille détails secondaires, en imposant aux populations des pratiques sans nombre qui tendent à matérialiser le culte, en plaçant pour intermédiaires entre Dieu et les hommes une multitude de saints et de génies, le catholicisme caresse et fortifie les tendances les plus déplorables de la race noire dont l'intelligence flotte depuis tant de siècles dans les brouillards informes des superstitions grossières, précisément parce qu'elle saisit difficilement les rapports qui existent entre les choses et les idées, et qu'elle est, par ce fait même, toujours portée à s'égarer et à se perdre dans les infiniment petits, au lieu de s'élever à des conceptions générales et synthétiques.

Nous pourrions, à l'appui de nos assertions, puiser des preuves à pleines mains dans tous les pays où les noirs sont tombés sous la tutelle du catholicisme. Nous nous bornerons à appeler l'attention des Haïtiens sur ce qui se passe tous les jours et à toutes les heures au milieu d'eux, d'une extrémité à l'autre de l'île. Les cierges ne servent-ils pas à prédire l'avenir et à faire des conjurations de toute espèce ? la Bible et les livres de messe ne sont-ils pas devenus les arcanes de la magie, la Vierge et les saints des idoles, et les scapulaires des gris-gris ? ne voit-on pas figurer dans les oratoires du Vaudou (1), à côté

(1) Le Vaudou, si cher à l'empereur Faustin Ier, est une espèce de religion fétichiste dont les adeptes, désignés également sous le nom de Vaudoux rendent un culte à la couleuvre. Ils ne se réunissent qu'en secret et dan

des images sacrées tous les fétiches de la patrie africaine, depuis l'insecte et le reptile immonde jusqu'aux racines bizarrement contournées et aux cailloux du chemin ?

Des prêtres, instruits et pénétrés de leurs devoirs, exerceront, nous n'en doutons pas, une réaction salutaire contre les égarements fétichistes d'une foule ignorante, et contre les effets déplorables de la tolérance intéressée de leurs prédécesseurs ; mais ce n'est pas au catholicisme, nous le répétons, qu'il appartient d'apporter le vrai remède qu'il faudrait appliquer au tempérament des noirs.

Nous engageons donc le gouvernement à sauvegarder les droits de l'État dans ses relations avec la cour de Rome, à maintenir, vis-à-vis des empiétements trop familiers au clergé, (1) le principe sacré de la liberté de conscience,

des maisons écartées, où ils se livrent à des danses frénétiques, sous la direction du *papa Vaudou*, grand-prêtre de ce culte et sorcier, par surcroît. Nous avons publié, il y a deux ans, dans les *Nouvelles annales des voyages*, dirigées par M. Maltebrun, une étude complète sur le Vaudou, où nous nous sommes proposé spécialement d'en rechercher l'origine, que nous avons cru trouver chez les noirs d'Ardrah et de Juidah sur la côte occidentale d'Afrique.

(1) Voici les articles de la constitution qui dominent, en Haïti, la question religieuse :

Art. 33. Tous les cultes sont également libres.

Chacun a le droit de professer sa religion et d'exercer librement son culte, pourvu qu'il ne trouble pas l'ordre public.

Art. 34. L'établissement d'une église ou d'un temple et l'exercice public d'un culte peuvent être réglés par la loi.

Art. 35. Les ministres de la religion catholique, apostolique et romaine, professée par la majorité des Haïtiens, reçoivent un traitement fixé par la loi : ils seront spécialement protégés.

Le gouvernement détermine l'étendue de la circonscription territoriale des paroisses qu'ils desservent.

Ajoutons qu'aux termes du concordat, récemment conclu avec la cour de Rome, les deux pouvoirs, temporel et spirituel, doivent s'entendre pour fixer les paroisses, etc.

La Constitution de 1816 renfermait les mêmes prescriptions que celle de et à laisser accès dans le pays aux missionnaires protestants, dont les croyances, simples et sévères, déracineraient les pratiques superstitieuses au milieu de leurs adhérents. La présence de ces missionnaires ne ferait d'ailleurs qu'exciter l'émulation du clergé catholique. Mais il est une autre considération dont le poids sera grand auprès du cabinet de Port-au-Prince ; nous voulons parler de l'émigration noire et mulâtre qui suivra incessamment l'abolition totale ou partielle de l'esclavage aux États-Unis. Les Haïtiens tendent les bras à leurs frères du continent ; cet appel sera entendu ; mais les Africains du nord professent pour la plupart la religion protestante, et ils doivent trouver sur la terre d'Haïti un sanctuaire pour toutes les croyances.

La réorganisation de l'instruction publique et celle du clergé porteront des fruits heureux. Il en sera de même d'une autre réforme, celle de la magistrature, qui a nécessité la modification des articles 60, 71, 110 et 146 de la Constitution, relatifs à l'incompatibilité législative et judiciaire, et à l'inamovibilité des juges. L'inamovibilité offre une garantie de l'intégrité de la magistrature ; mais sans porter à ce principe une atteinte fondamentale, les chambres ont dû s'associer à la pensée du cabinet, et lui accorder un délai de deux ans pour épurer la magistrature, qui compte dans ses rangs beaucoup de membres incapables de remplir convenablement leurs fonctions. L'intérêt public exigeait qu'ils fussent remplacés par des

1846, actuellement en vigueur, et dont nous venons de citer les articles ; mais elle disait, et il est bon de le rappeler : « Les ministres de la religion ne peuvent, en aucun cas former un corps dans l'État. »

hommes plus instruits et plus compétents, et la loi du 11 septembre 1860 a permis d'apporter un prompt remède à un mal qui n'avait que trop duré.

Des changements notables ont été accomplis déjà dans le personnel des tribunaux civils ; on appliquera la même mesure aux tribunaux de paix, et la nouvelle loi, ayant condamné le principe de l'incompatibilité entre les fonctions judiciaires et le mandat législatif, plusieurs sénateurs et députés ont accepté des emplois dans la magistrature, ce qui crée entre elle et les deux premiers corps de l'État des liens qui donneront, comme le fait remarquer l'Exposé de la situation de la République, « plus de force et d'autorité aux décisions qui intéressent la vie, l'honneur et la fortune des citoyens. »

L'armée n'a pas été négligée. Elle a été pourvue de bons fusils à percussion, et le gouvernement a fait venir des instructeurs Français pour l'habituer à la précision des manœuvres et former des sous-officiers capables de bien dresser les recrues. Cette sollicitude trouve sa justification dans les incertitudes de l'avenir, qui doivent préoccuper le cabinet de Port-au-Prince aussi bien que tous ceux de l'ancien et du Nouveau-Monde. L'horizon, si noir et si menaçant naguère, s'est, il est vrai, rasséréné; mais la prudence a ses devoirs, et la liberté s'appuiera sur les baïonnettes jusqu'au jour où la Société de la paix universelle aura conquis les rois et les peuples.

Nous lui souhaitons une prompte victoire, car les armées permanentes sont le plus grand obstacle au progrès ; elles absorbent et stérilisent la moitié des revenus du globe, créent les gros déficits, apauvrissent les gouvernements les plus riches, et ruinent ceux dont les ressources sont plus bornées. Le président Geffrard n'a pas perdu de vue cette vérité salutaire, et pour tout concilier, il a maintenu les cadres, il a perfectionné l'instruction militaire de l'effectif obligatoire ; mais il a fait voter par les chambres une loi qui lui permet de réduire de moitié les régiments d'infanterie. Cette mesure en nécessitait une autre. La garde nationale a été l'objet des soins les plus assidus, si bien qu'elle forme aujourd'hui, suivant l'Exposé de la situation, « une milice admirable, artillerie, cavalerie et infanterie, sur le patriotisme et le dévouement de laquelle on peut compter. »

Le mot admirable est un peu forcé, peut-être, et nous nous bornerons à constater qu'une amélioration sérieuse a été introduite dans la discipline et dans l'organisation de la garde nationale. Le gouvernement a donc pu réduire l'armée sans affaiblir le pays, et nous l'en félicitons, par amour pour les sages économies.

Tout irait pour le mieux, si l'on avait pu conserver ou faire respecter le principe posé dans l'article 45 de la Constitution de 1816, qui disait : « Aucun Haïtien ne pourra commencer sa carrière militaire qu'en qualité de simple soldat ; » mais cet article est depuis longtemps lettre morte ; l'armée est surchargée d'une nuée d'officiers et de généraux dont on n'a que faire, et la compétition des épaulettes, amenant le parasitisme militaire, règne en Haïti, comme dans la plupart des républiques de l'Amérique espagnole. Tout citoyen qui a rendu quelque service au gouvernement sollicite la graine d'épinard, de telle sorte que l'état-major possède une foule d'officiers supérieurs et de généraux qui, avant de parvenir à ces grades élevés, n'avaient jamais porté l'épée.

Les soldats n'obéissent qu'avec répugnance à ces chefs

fraîchement émoulus ; les vrais officiers voient avec un juste mécontentement les grades qu'ils ambitionnaient envahis par de nouveaux venus ; le service en souffre, et le trésor en est obéré. C'est un mal et un grand mal. Le président en gémit, nous n'en doutons pas ; mais ces abus existaient avant lui ; il a dû, bon gré mal gré, les accepter. Espérons qu'il pourra peu à peu les faire disparaître, et que ses concitoyens, éclairés sur les vrais intérêts de la République, auront à l'avenir assez de patriotisme pour rendre facile au gouvernement une tâche dont l'accomplissement devient de plus en plus nécessaire.

Nous avons parlé de l'école navale créée à Port-au-Prince depuis trois ans. Cette fondation prouve que le gouvernement songe à doter son pays d'une marine nationale. Les Haïtiens se sont bornés jusqu'à présent au cabotage ; mais à l'époque où nous sommes, les relations de peuple à peuple tendent sans cesse à s'élargir, et il est temps que des navires appartenant à l'ancienne reine des Antilles aillent montrer le pavillon de la République noire dans tous les ports de la mer environnante, et jusque sur les côtes des États-Unis qui viennent de reconnaître l'indépendance d'Haïti.

Les louables efforts du gouvernement hâteront un progrès si désirable.

Quant à la marine militaire, elle s'est accrue l'année dernière de deux bateaux à vapeur, construits l'un à Bordeaux et l'autre en Angleterre. Elle se compose maintenant de ces deux vapeurs et de quelques légers bâtiments à voile.

Il nous sera permis, dès à présent, de dire qu'il faudrait

apporter dans la discussion et dans l'examen des faits un coupable esprit de parti pris et beaucoup de mauvaise foi pour nier la marche ascendante de la nation haïtienne.

Nous avons montré, sans ménager les critiques, les progrès remarquables accomplis dans la littérature, l'instruction publique, les cultes, la magistrature, l'armée et la marine. On verra plus loin que les améliorations se sont également produites dans les autres branches de l'activité nationale.

CHAPITRE III

Situation agricole et industrielle en 1789 et en 1791. — Décadence après la guerre d'indépendance. — Résultats de la division de la propriété, par Pétion. — État stationnaire pendant quelques années. — Ère de progrès.

Il nous faut rappeler ici le long ébranlement que produisit en Haïti l'abolition de l'esclavage, l'aspect de désolation que le pays présentait après la guerre de l'indépendance, l'absence totale des capitaux, qui avaient passé en Europe avec les colons, et l'état d'anarchie qui se prolongea jusqu'à la mort de Christophe. Une perturbation si profonde devait se manifester par une diminution rapide dans les produits de l'industrie nationale et dans les chiffres des exportations.

Le peuple, délivré du joug qui avait pesé si longtemps sur lui, n'ayant plus désormais qu'à pourvoir à sa propre existence au lieu de travailler pour des maîtres exigeants et avides, s'adonna surtout à la culture des vivres et renonça peu à peu à celle de la canne, de l'indigotier et du cotonnier pour y substituer la culture facile du caféier.

C'était dans l'ordre logique des choses; mais il est aussi dans l'ordre logique que ce peuple, après le premier repos de la liberté et le travail de réorganisation qu'il devait accomplir, se relève de son apathie, et sollicite avec ardeur toutes les richesses de son sol fertile. Haïti est entrée dans cette nouvelle période. Nous le prouverons bientôt; mais constatons d'abord la décadence qui suivit les violents efforts que les noirs et les hommes de couleur avaient dû faire pour conquérir la liberté.

Au moment où éclata la révolution, la colonie française de Saint-Domingue, avait une population d'environ 700,000 âmes, dont 500,000 ou 600,000 esclaves, 40,000 libres, noirs ou hommes de couleur et 40,000 blancs. Elle jouissait d'une prospérité sans égale, et on pouvait dire de ces planteurs ce que le prophète dit des marchands tyriens, qu'ils étaient tous semblables à des princes. La valeur de leurs maisons d'exploitation et de leurs usines, y compris le matériel, était évaluée à 350,340,000 livres, sans compter les esclaves, qui représentaient un capital d'un milliard et demi. On comptait, en 1791, dans cet Eldorado de l'industrie coloniale :

451 usines pour sucre blanc.
362 usines pour sucre brut.
3,117 caféières
3,151 indigoteries.
789 cotonneries.
69 cacaoteries.

Dans cette même année 1791, les exportations s'élevaient à 200 millions de livres coloniales, soit 134 millions de livres tournois (1), et les droits perçus à 6,924,166 livres coloniales. Les recettes diverses de la colonie étaient de 15 millions de livres coloniales ou 10 millions de livres tournois. Le tableau suivant fait connaître les produits exportés en France, sans compter le sirop, dont on vendit à la métropole pour 1,947,132 livres coloniales en 1791, les cuirs, le rhum, etc.

	1789		1791
Sucre blanc	47,516,531	(livres poids)	70,227,698
Sucre brut	93,573,300	»	93,091,112
Café	76,835,219	»	68,151,180
Coton	7,004,274	»	6,286,126
Indigo	758,628	»	930,016
Cacao		»	150,000
Ecailles de tortue		»	50,000
Acajou et campêche		»	1,500,000

Ces chiffres témoignent assez de la richesse de la colonie. Nous devons avertir, toutefois, qu'ils ne représentent pas l'exportation totale, car des quantités considérables de sucre et de cafés étaient livrées par contrebande au commerce étranger.

Sous la main pesante, nous pourrions dire sous le bâton et sous les verges de Toussaint Louverture, l'influence des colons se fit encore un moment sentir, et la produc-

(1) Dans une pétition, rédigée en 1792 par les négociants de Nantes, les produits de la colonie sont évalués à 279,500,000 fr., pour l'année 1790.

Le chiffre total des exportations en 1789 dépassait 205 millions de francs, d'après un mémoire, adressé en 1833 au ministre du commerce, et inséré dans les *Annales du Commerce* extérieur (cahier de novembre 1852, document 644).

tion en sucre, café, coton, indigo, cacao, n'avait subi en 1801 qu'une diminution d'un tiers. Mais pour obtenir un pareil résultat, Toussaint avait rendu obligatoire le travail des noirs sur les habitations des blancs, et rétabli en quelque sorte l'ancien régime. C'était à s'y méprendre ; aussi fut-il obligé de publier un arrêté menaçant des peines les plus sévères quiconque se permettrait de dire aux cultivateurs qu'ils étaient redevenus esclaves comme autrefois.

La dictature de Toussaint finit en 1802, et depuis cette époque jusqu'en 1820, au milieu des rivalités des chefs noirs et mulâtres, la production diminua avec une effrayante rapidité. On peut en juger en comparant les chiffres suivants avec ceux du tableau qui se rapporte aux années 1789 et 1791.

ANNÉES	CAFÉ	COTON	CACAO	SUCRE	CAMPÈCHE	GAYAC et brésillet	ACAJOU
1818	20,280,589	384,001	326,266	1,896,449	6,717,408	101,892	129,962 pieds.
1819	22,526,745	214,962	283,313	875,243	3,003,781	90,628	141,577 »
1820	25,192,912	345,341	435,282	413,463	1,870,837	28,511	129,509 »
1821	29,925,951	820,653	264,792	600,934	3,648,524	16,337	55,005 »

On pouvait alors réunir encore sur une même habitation un nombre assez considérable de travailleurs ; mais une loi promulguée par Pétion vint modifier profondément la situation économique et agricole.

L'État se trouvait en possession des anciens biens domaniaux et de la totalité de ceux des colons. Un tiers seulement des terres se trouvait entre les mains des Haïtiens, qui en étaient déjà détenteurs sous le régime colonial, et qui, depuis la proclamation de l'indépendance, formaient la classe riche et éclairée de la nation ; le reste du peuple ne possédait rien. Le gouvernement concédait pour un temps, sous certaines redevances, les biens vacants aux grands fonctionnaires civils et militaires, qui les faisaient cultiver par les prolétaires, dont le sort était extrêmement précaire. C'est ainsi que Dessalines, alors simple général, s'était fait concéder par le domaine, sous l'administration de Toussaint Louverture, trente-deux grandes sucreries.

Pétion fit adopter par le Sénat des lois, aux termes desquelles le gouvernement était autorisé à concéder une propriété à chaque officier, sans distinction, depuis le général jusqu'au sous-lieutenant. Or, les officiers inférieurs étant très nombreux, sortant du sein du peuple et se renouvelant sans cesse, le projet de Pétion devait avoir évidemment pour résultat de faire descendre la propriété dans le peuple et de rendre, dans un temps donné, l'agriculture plus florissante, puisque chaque individu se trouvait intéressé à mettre en bon rapport une terre transmissible à ses héritiers, tandis que le fermage ne pouvait améliorer la situation agricole de la République. Les invalides militaires, tous les employés de l'État reçurent également des concessions, à titre gratuit. On mit ensuite en vente le reste des biens du domaine, à un prix si restreint que chaque Haïtien, pour ainsi dire, put acheter quelques carreaux de terre.

Un autre avantage, d'une capitale importance, était attaché à l'exécution de ce projet. En faisant passer rapidement les anciennes propriétés des colons des mains de l'État dans celles des particuliers, la France, qui pouvait encore tenter de ressaisir son ancienne colonie, se voyait obligée, par ce fait même, de renoncer à cette espérance. Le droit de propriété enfin établissait entre tous les citoyens l'égalité qui n'existait qu'en théorie et rendait impossible une guerre sociale, qu'on pouvait craindre, entre ceux qui ne possédaient rien et les privilégiés, en petit nombre, qui possédaient une grande partie du sol comme propriétaires ou comme fermiers.

Cette révolution agraire s'accomplit progressivement et sans secousse; elle fit de la terre même la garantie de la liberté individuelle et de l'indépendance nationale; mais les cultivateurs, devenus maîtres absolus d'eux-mêmes, ne travaillèrent que dans la mesure de leurs besoins, qui sont restreints, et la production fut frappée d'un nouveau ralentissement.

Les cultivateurs, il est vrai, fournirent au commerce du café en quantité croissante, puisque la moyenne des exportations s'éleva, en vingt-quatre ans (1818-1842), de 23 millions de livres à 37 ou 38 millions; mais le coton, après s'être soutenu, déclina à son tour, et la fabrication du sucre tomba si bas, qu'en 1842 la République n'en livrait plus que 6,000 livres à l'exportation.

C'était un temps d'arrêt qui ne pouvait longtemps se prolonger. L'activité des petits propriétaires fut peu à peu stimulée par les demandes de l'étranger, et la culture du café prit des proportions de plus en plus considérables; celle du cotonnier a progressé dans ces dernières années; les plantations de cannes et de cacaotiers sont devenues plus nombreuses, tandis que l'exportation des bois de teinture et d'ébénisterie acquérait une importance toujours croissante.

Les Haïtiens n'en ont pas moins d'urgents progrès à accomplir dans le domaine de l'agriculture. L'Europe les regarde; qu'ils ne l'oublient pas! Ils ont toute une race d'hommes à réhabiliter dans l'opinion du monde civilisé, et c'est en s'avançant d'un pas ferme dans la voie des améliorations matérielles et morales, c'est en devenant une nation riche et forte, qu'ils rempliront leur devoir envers quatre-vingts millions d'Africains.

En voyant ce que font leurs frères esclaves à Cuba, à Porto-Rico et aux États-Unis, en songeant aux grandes choses que leurs pères ont faites dans la servitude, ne devraient-ils pas avoir la fièvre de l'émulation et la noble ambition du travail? ne devraient-ils pas avoir à cœur de montrer que la race africaine peut autant dans la liberté que dans l'esclavage?

Les noirs de Cuba donnent chaque année à leurs maîtres 800 millions de livres de sucre, 11 millions de livres de tabac, 140 millions de cigares, 235,000 barriques de mélasse, et les Haïtiens indépendants, les Haïtiens travaillant pour eux-mêmes laissent pour ainsi dire incultes plusieurs de leurs plaines les plus fertiles! Secouez donc votre torpeur, soyez de votre siècle, prouvez ce que vaut la liberté, soyez hommes, et remuez d'une main vigoureuse ce sol que vous avez engraissé de vos sueurs quand il appartenait à d'autres, et de votre sang lorsque vous en avez revendiqué la possession sur les champs de bataille! Vous avez presque doublé en trente ans votre production en café; mais c'est trop peu : il est temps de vous remettre, dans la mesure de vos moyens d'exploitation, à la culture de toutes les denrées coloniales.

CHAPITRE IV

Richesses végétales. — Bois de construction. — Arbres fruitiers. — Bois de teinture. — Roucou. — Indigo. — Cochenille. — Cacao. — Coton. — Canne à sucre. — Plantes textiles. — Vivres. — Riz. — Maïs. — Fécules. — Nécessité de la charrue. — Élève des bestiaux. — Aménagement des eaux pour l'irrigation et la navigation.

Haïti n'éprouve jamais les rigueurs de l'hiver ; son climat est chaud, mais tempéré par les vents alisés de l'Est ; il s'adoucit encore dans les montagnes, dont le point culminant, le Cibao, s'élève à 2,400 mètres.

Sur ce sol privilégié croissent une multitude d'arbres, d'arbrisseaux et de plantes qui fournissent une source inépuisable de richesses dont la population ne sait pas à beaucoup près tirer tout le parti possible.

Parmi les bois de construction et d'ameublement, on distingue particulièrement, l'acajou, l'espinille, le bois arada ou tavernon, l'agoualaly ou bois épineux jaune, le noyer, le cèdre, le gayac, le bois de fer, le bois d'ébène, l'immortel, le bois marbré, le pin, et beaucoup d'autres.

Le bois d'acajou est le seul qu'on ait exploité jusqu'à présent, pour l'étranger, dans de grandes proportions. L'exportation n'était en 1789 que de 5,217 pieds, et en 1820 que de 129,000. En 1854, elle atteignait en poids le chiffre de 50 millions de livres, qui a été dépassé depuis.

Mais cette branche du commerce aurait acquis une extension beaucoup plus considérable si le pays n'était pas privé de voies commodes de transport, routes, canaux, rivières navigables ou seulement flottables (1). Un seul cours d'eau permet aujourd'hui de faire arriver jusqu'à la mer les bois abattus dans la montagne ; c'est l'Artibonite. Une île voisine de la grande-terre, la Gonave, qui a 60 kilomètres de long sur 15 de large, renferme elle-même de splendides forêts dont l'exploitation offre des facilités exceptionnelles. Une compagnie est en instance auprès du gouvernement pour obtenir l'autorisation d'exploiter les magnifiques acajous de la Gonave.

Dans toutes les parties du pays abondent des arbres qui donnent, la plupart sans culture, des fruits délicieux : l'acuba ou sapotilier, le guayabo ou goyavier, le mamey ou abricotier, l'avocatier, le bananier, l'oranger, etc.

Les bois de teinture ne sont pas moins nombreux. Au premier rang figurent le campêche, pour la teinture en rouge, le bois à pian pour la teinture en jaune, le roucouyer, dont les graines sont entourées d'une pulpe qu'on emploie pour la teinture des soies en aurore et en orangé et pour colorer les vernis, les huiles, etc. A ces bois il faut

(1) Nous dirons plus loin ce qu'il y aurait à faire pour doter le pays de voies de transport rapides et économiques et les projets qui sont à l'étude.

ajouter des plantes non moins précieuses, l'indigotier et le nopal à cochenille.

De toutes ces substances tinctoriales, le campêche et le brésiliet sont à peu près les seules que l'Europe retire aujourd'hui d'Haïti. Cette industrie, peu considérable sous le régime colonial, resta longtemps stationnaire. L'exportation de tous les bois de teinture se maintint, depuis le commencement de ce siècle jusqu'à 1830, entre 3 et 7 ou 8 millions de livres ; elle dépasse aujourd'hui 100 millions de livres.

Nous ne pensons pas qu'il pût être avantageux pour les Haïtiens de s'adonner à la préparation du roucou, bien qu'elle n'exige que peu de bras et peu de capitaux. Avant d'inaugurer une industrie nouvelle, il faut calculer soigneusement les chances de succès qu'on peut en espérer. Or l'Europe ne fait qu'une consommation assez restreinte de cette substance, et trouve à s'approvisionner suffisamment dans les pays du continent Américain, qui ont eu jusqu'à ce jour le monople de cette production et spécialement dans la Guyane française. Il faut se rappeler, à ce sujet, que le roucou de Cayenne, dont la qualité passe pour être sans égale, tombe à des prix très-bas et s'avilit de lui-même, lorsque la production devient trop considérable, de sorte que les colons sont obligés de négliger momentanément cette branche d'industrie pour s'y livrer avec une nouvelle ardeur, quand la rareté du roucou leur fait espérer des bénéfices raisonnables.

Il en est autrement de l'indigotier. La culture de cette plante est avantageuse et ses produits ont un écoulement assuré. Haïti possédait avant la révolution française 3,151 indigoteries, et exportait en 1789 pour 8 millions de livres tournois d'indigo, soit 758,628 livres pesant ; l'exportation s'était élevée en 1791 à 930,000 livres : mais cette source de prospérité ne tarda pas à se fermer pour le pays. En 1801 Haïti ne livrait plus au commerce que 804 livres d'indigo, et cet article finit par disparaître presque entièrement de la liste des exportations. La culture de l'indigotier exige, il est vrai, des soins attentifs ; mais elle produit trois coupes chaque année, les procédés à employer pour transformer la plante en fécule sont peu coûteux, et d'une extrême simplicité, et nous ne voulons pas admettre qu'Haïti puisse se condamner éternellement, par paresse, à cultiver pour ainsi dire exclusivement le caféier. L'indigo est toujours cher et recherché, et si les Haïtiens inauguraient largement cette culture, qui leur était si familière il y a soixante-dix ans, la France, obligée d'acheter à l'Angleterre les trois quarts de l'indigo qu'elle consomme, leur offrirait un magnifique débouché.

Nous en dirons autant du nopal à cochenille, qui se rencontre partout en quantité prodigieuse, et notre mémoire nous fournit un fait qu'il ne sera pas inutile, à titre d'encouragement, de mettre sous les yeux des Haïtiens. La grande île de Java ne possédait pas il y a trente ans un seul insecte à cochenille : on en fit venir du Mexique, mais les précieux animalcules périrent tous dans le trajet d'Amérique en Océanie ; deux seulement arrivèrent à destination, et aujourd'hui l'île de Java exporte soixante mille kilogrammes de cochenille, tant est merveilleuse la multiplication de cet insecte.

Le cacaotier mérite les soins assidus des Haïtiens. Leur pays convient admirablement à cet arbuste, et la consommation du cacao va toujours croissant en Europe.

Haïti n'en exportait que 150,000 livres en 1791, parce que les colons trouvaient plus d'avantage à s'occuper de la canne, du café, du coton et de l'indigo. Mais la situation n'est plus la même ; la fabrication du sucre, qui était l'industrie par excellence, a été presque entièrement abandonnée, et les Haïtiens doivent, en attendant des jours meilleurs, se livrer avec ardeur à toutes les cultures qui peuvent se combiner avec la rareté de la main-d'œuvre et le manque de capitaux ; or telle est celle du cacaotier : c'est pour cette raison qu'elle s'est maintenue après l'indépendance et que les Haïtiens ont pu exporter en moyenne depuis 1800, de 350 à 400,000 livres de cacao. Mais cette quantité est insignifiante comparativement aux développements qu'il serait facile de donner à la récolte de cette denrée alimentaire, puisqu'il suffit d'une seule famille pour exploiter une plantation de mille cacaotiers.

Si les cultures que nous venons de passer en revue méritent d'être sérieusement encouragées, un intérêt supérieur s'attache à celle du cotonnier, qui s'élève dans certaines parties de l'île aux proportions d'un arbre. Vers la fin du siècle dernier, la colonie française envoyait à la métropole 6 à 7 millions de livres de coton ; Haïti n'en livrait plus au commerce que 2,480,000 livres en 1801 ; mais ce chiffre, après s'être abaissé progressivement, a été enfin dépassé depuis deux ans. En 1860, les cultivateurs ont pu vendre à l'Europe 2,500,000 livres de coton, et encore l'année avait-elle été exceptionnellement mau vaise. C'est un progrès qu'il importe de soutenir et d'activer par tous les moyens possibles. Le président Geffrard l'a compris, et nous ne pouvons que le féliciter de ses efforts pour hâter la renaissance de la culture cotonnière.

Nous avons sous les yeux une circulaire qu'il adressait le 4 mai 1861 à tous les généraux commandant les arrondissements de la République. Il leur notifiait la haute importance qu'il attache à cette culture dans l'intérêt du pays; leur ordonnait de faire part de ses instructions à tous les cultivateurs de leur ressort, et leur annonçait la nomination d'inspecteurs, chargés de constater l'état des plantations, et d'aviser aux moyens de les développer. Il leur rappelait en même temps les instructions détaillées qu'il leur avait déjà transmises à ce sujet au mois de février de la même année.

Le gouvernement haïtien a trouvé dans l'immigration des Américains un concours précieux. Des noirs et des mulâtres libres ont quitté les États-Unis pour se fixer en Haïti, et les nouveaux venus se livrent de préférence à la culture du coton, à laquelle ils sont, pour la plupart, habitués depuis l'enfance. Nous reviendrons plus loin sur cette immigration; tout ce que nous avons à en dire ici, c'est que les noirs venus d'Amérique paraissent destinés à donner un essor remarquable à la production cotonnière, par eux-mêmes et en excitant l'émulation des Haïtiens. Les cotons récoltés dans l'île seront d'ailleurs recherchés sur tous les marchés; ceux d'Haïti sont d'une qualité supérieure, et les immigrants apportent avec eux des graines des meilleures espèces qu'on cultive aux États-Unis.

Quant à la fabrication du sucre, elle a été jusqu'à ce jour paralysée par le manque de bras et la rareté du numéraire. Une sucrerie bien organisée exige une forte mise de fonds et le travail régulier d'un grand nombre d'ouvriers employés les uns à la culture et à la récolte de la canne et les autres aux travaux de fabrication.

Pour obtenir le vesou ou jus de la canne sans déperdition et pur de tout mélange, il faut avoir des moulins à cylindre d'une grande puissance, il faut prévenir le développement de la fermentation et l'action des sels contenus dans le vesou ; il faut obtenir une bonne décantation, éliminer du vesou la potasse, l'albumine, le nitrate et autres substances qui nuiraient à la bonne fabrication du sucre; il faut ensuite compléter l'opération par une filtration au noir animal ou au charbon; il faut enfin un appareil évaporatoire pour amener, au moyen de la cuisson, la cristallisation du sirop, qui lui-même doit être purgé des mélasses incristallisables, opération dont le succès est en rapport direct avec le degré plus ou moins parfait de la défécation et le soin qu'on a pris d'empêcher la fermentation du vesou. Cette purgation elle-même exige beaucoup de précautions et l'emploi de caisses d'une forme et d'une dimension bien étudiées. C'est ainsi qu'on arrive à transformer le jus de la canne en sucre brut, pour le soumettre ensuite au raffinage et au terrage.

On comprend maintenant pourquoi l'industrie sucrière a été peu à peu abandonnée en Haïti. La canne n'a pas cessé pourtant d'y être cultivée, et même dans d'assez vastes proportions, pour la production du sirop et du tafia, dont il se fait dans l'île une consommation malheureusement trop considérable.

Les petits cultivateurs haïtiens, ne disposant ni d'assez de main-d'œuvre, ni de capitaux suffisants, ne sauraient fabriquer du sucre brut ; ils s'en consolent facilement en songeant aux éléments nombreux de prospérité qui les sollicitent de toutes parts. Mais quelques grands propriétaires peuvent s'adonner, avec succès, à cette industrie;

plusieurs même l'ont abordée déjà. C'est le président Geffrard qui a montré l'exemple ; il a fait du sucre sur une de ses habitations, et en a livré, l'année dernière, une certaine quantité à l'exportation.

Il faut espérer que cet élan se soutiendra. Nous lisons même dans un des journaux de Port-au-Prince, *la République*, du 12 décembre 1861, qu'on croit pouvoir exporter en 1862 plusieurs millions de livres de sucre, « fait inconnu, — ajoute cette feuille, — dans l'histoire économique de nos trente dernières années. » Mais, comme elle le fait observer avec raison, il ne s'agit pas seulement de faire du sucre, il faut le soigner, il faut lui donner toutes les qualités nécessaires pour qu'il soit recherché par les raffineurs européens. Or on n'y parviendra qu'en abandonnant les procédés de fabrication employés avant la révolution française, pour adopter les appareils perfectionnés qui ont été introduits dans toutes les colonies.

La culture de la canne, dont nous signalions tout à l'heure l'importance en Haïti, s'est d'ailleurs très-développée depuis 1859. La liberté a surexcité l'activité nationale, et l'abondance des produits a eu pour conséquence de faire baisser de 50 pour 100 le prix du sirop et du tafia. Il y a pléthore ; on sent la nécessité de trouver des débouchés au dehors ; mais l'exportation des sirops offre peu de chances de bénéfices à cause du prix du fret et des futailles : c'est par conséquent vers la fabrication du sucre que tous les efforts doivent se tourner. Ce fait une fois admis, une nouvelle perspective s'ouvre pour le pays.

Les cultivateurs, incapables de fabriquer eux-mêmes du sucre brut, ne demanderont pas mieux que de vendre aux industriels les cannes qu'ils auront récoltées, si ceux-ci peuvent les leur acheter assez cher pour stimuler la production. Toute la question est là, et elle est, nous le croyons, susceptible d'une solution éminemment avantageuse. Que les industriels se pourvoient d'un matériel perfectionné qui leur permette de retirer de la canne tout le jus qu'elle contient, au lieu d'en perdre près d'un tiers, et ils pourront, par des prix rémunérateurs, encourager cette culture importante.

Un grand problème serait alors résolu au profit de l'industrie sucrière. Les bras qui manquent abonderaient, puisque les petits propriétaires deviendraient les pourvoyeurs des sucreries, auxquelles il ne resterait plus à se procurer des ouvriers que pour les travaux intérieurs, c'est-à-dire pour la fabrication proprement dite (1).

Il faut encore mentionner, parmi les trésors du règne végétal, beaucoup de plantes ou d'arbres dont les fibres textiles pourraient être utilisées; le canellier, le piment, le copahu, la vanille, cette liane précieuse qui orne de ses festons les arbres des forêts, la vigne qui produit des vins muscats excellents, et le tabac, qui n'est pas inférieur à celui de Cuba.

Avec quelques pieds de manioc, dont la culture ne l'occupe que trois ou quatre heures par semaine, le noir subvient à ses premiers besoins et à ceux de sa famille. Joignez-y les bananes qu'on trouve en abondance dans toute l'île, et l'Haïtien peut s'endormir tous les soirs sans souci du lendemain. Mais les exigences de la vie civilisée ont

(1) Cette perspective ne dépasse pas la sphère des choses pratiquement réalisables. Nous apprenons, en effet, que les cultivateurs s'empressent déjà de porter leurs cannes à cinq ou six sucreries, installées ou remises en activité dans ces derniers temps.

fini par l'atteindre ; il s'impose un travail supplémentaire pour procurer à sa femme, à ses enfants et à lui-même les produits de l'industrie locale et ceux de l'industrie étrangère. Bien plus, il s'est mis modestement, mais avec une résolution bien arrêtée, à la poursuite de la fortune. Il est sur la bonne voie.

Mais pour y marcher d'un pas plus accéléré, pour se livrer avec ardeur au travail, pour devenir plus robuste et plus apte à supporter les chaleurs ; pour opposer plus de résistance aux maladies, le manioc et la banane ne sont pas une nourriture suffisante, même en y joignant, comme le font les Haïtiens, la patate, l'igname, les pois, les haricots et autres légumes.

Il convient donc, sans négliger les produits naturels des Antilles, de s'adonner, sur une large échelle, à la culture des céréales, non point celle du froment, qui dans ces régions pousse tout en herbe, mais celle du riz et du maïs, malheureusement très-négligée, bien que ces deux plantes puissent fournir jusqu'à trois récoltes par an.

Le maïs s'accommode de presque tous les terrains. Quant au riz, il ne manque pas en Haïti de localités marécageuses ou humides qui lui conviennent parfaitement. On peut le semer avec avantage sur le bord des rivières qui débordent en couvrant le sol d'un riche limon ; il serait facile, d'ailleurs, au moyen de rigoles, d'inonder à volonté les rizières, et surtout dans la plaine de l'Artibonite.

Après avoir augmenté le bien-être du peuple, le surcroît des récoltes donnerait lieu à un grand commerce d'exportation, qu'on pourrait activer encore en s'adonnant à la transformation du manioc, de l'igname, de la banane et de la patate en fécules. La culture développée du bananier paierait avec usure les soins qu'elle exigerait. Humboldt a calculé que le même espace de terre qui donne 33 kilogrammes de froment ou 99 kilogrammes de patate produit 2,000 kilogrammes de bananes. Converties en fécules, les bananes rendent, d'après des calculs faits à la Guyane anglaise, 6,500 fr. par hectare. Il est probable qu'on en tirerait une somme égale si on se bornait à les dessécher, en leur faisant subir une ébullition rapide dans de l'eau crue, c'est-à-dire contenant du sulfate de chaux, car la banane ainsi préparée remplace avantageusement la figue et se conserve indéfiniment.

Mais pour donner à l'agriculture une extension si désirable, il faudrait sortir de la routine habituelle ; il faudrait remplacer, comme l'ont fait les immigrants venus des États-Unis, la houe et la pioche par la charrue, qui exige l'emploi de bœufs, de chevaux ou de mulets. L'agriculture, en un mot, la vraie agriculture, nécessite l'association de l'homme et des animaux, association trois fois profitable qui procure à l'homme tout à la fois des auxiliaires utiles, des engrais précieux et une nourriture éminemment substantielle. On a calculé, dans les colonies, que trois hommes et trois paires de bœufs labourent en un jour, et avec une perfection beaucoup plus grande, autant de terre que cinquante noirs avec des pioches.

L'herbe ne manque pas à Haïti, et si les prairies naturelles n'offraient pas assez de ressources pour l'élève des bestiaux, on y suppléerait sans peine, sur ce sol privilégié, en créant des prairies artificielles, où l'on pourrait faire cinq ou six coupes chaque année. Mais, pas d'eau, pas d'agriculture : c'est une vérité de tous les pays, et surtout des pays chauds.

Haïti ne manque pas d'eau; un grand nombre de rivières et de ruisseaux descendent des montagnes pour se diriger vers la mer; il ne reste qu'à utiliser ces eaux fertilisantes par un bon aménagement. Les colons n'avaient pas négligé des travaux si productifs, et si la plaine de Port-au-Prince étonnait le monde par sa merveilleuse fécondité, elle en était redevable, en grande partie, au vaste réservoir qu'on avait établi au pied des mornes pour emmagasiner les eaux des ruisseaux et les eaux pluviales qui se répandaient ensuite dans toute la plaine, au moyen de quatre canaux d'où partaient une multitude de rigoles.

Le réservoir s'est vidé dans l'ouragan de 1816; les eaux emportèrent une partie de ses digues; mais avec cent mille francs, avec soixante mille peut-être, on parviendrait à le réparer, et c'est un placement de fonds qui rapporterait au pays mille pour cent. En ce moment même, le président Geffrard fait travailler à la restauration de ce réservoir.

On s'était proposé, avant la révolution, de creuser à travers la plaine, un canal dérivé de l'étang Saumâtre, qui aurait transporté à peu de frais, jusqu'à Port-au-Prince et à la mer, tous les produits récoltés ou fabriqués dans le pays environnant. On devra revenir un jour à ce projet, à moins qu'on ne trouve plus d'avantage à établir un chemin de fer pour desservir la plaine de Cul-de-Sac.

Il serait assurément très-opportun de faire décharger l'étang de Miragoane dans un canal qui, recevant les eaux de deux ou trois petites rivières, desservirait jusqu'à la mer un territoire important. Cette opération ne paraît pas présenter de difficultés bien sérieuses, car l'étang dont la longueur est de douze kilomètres, la largeur moyenne de quatre et la profondeur considérable, écoulerait naturellement ses eaux jusqu'à l'Acul du Petit-Goave, à travers une plaine fertile.

Mais les travaux hydrauliques les plus urgents sont, sans contredit, ceux qui se rapportent à l'endiguement et à la canalisation des rivières, au quintuple point de vue de l'assainissement du pays, de la navigation fluviale, du flottage, de l'irrigation et des obstacles à opposer à des innondations désastreuses. C'est par l'Artibonite qu'il faudrait naturellement inaugurer cette série de travaux d'utilité publique : l'Artibonite est la plus grande rivière de la République ; elle traverse une contrée exceptionnellement fertile, dont ses eaux tripleraient la fécondité, et son cours de deux cent quarante kilomètres est la seule voie économique que puissent suivre les acajous qu'on exploite dans son voisinage et dans le bassin de quelques autres rivières, qui lui apportent le tribut de leurs eaux.

Il est juste de dire que la nécessité de régulariser et d'utiliser le cours de l'Artibonite est très-vivement sentie en Haïti, et qu'un ingénieur français, M. Ricard, a soumis au gouvernement, en 1861, un plan d'endiguement de la rivière, combiné avec un système d'irrigation.

On se préoccupe également à Port-au-Prince d'un projet de lignes ferrées, qui relirait entre elles les villes principales en contournant le rivage. Nous comprenons un tel désir de la part des Haïtiens, qui voient une île voisine, Cuba, sillonnée en tous sens de chemins de fer. Mais ces voies précieuses de communication ne peuvent être établies qu'à grands frais, et tout capital appelle un intérêt rémunérateur. Le mouvement commercial d'Haïti pourrait-il satisfaire à ces justes exigences? Telle est la question, et elle ne saurait, quant à présent, être résolue que dans un sens négatif. Avant d'avoir des chemins de fer, il faudrait doter le pays de bonnes routes, bien entretenues, construire des ponts partout où le besoin s'en fait sentir et imprimer à l'agriculture un élan qu'elle n'a pas encore.

CHAPITRE V

Richesses minérales. — Métaux divers. — Cuivre. — Fer. — Aimant. — Mercure. — Mines d'or. — Gisements de houille.

Les deux grandes Antilles, Cuba et Haïti, possèdent des richesses minérales, la plupart inexploitées, mais qui forment pour l'avenir une magnifique réserve. On a constaté dans l'île d'Haïti l'existence de mines d'or, d'argent, de cuivre, d'étain et de fer; des gisements de soufre, de mercure, d'aimant, de cristal de roche, de jaspe, de porphyre, de marbre, etc.

Deux millions d'Indiens, habitants primitifs d'Haïti, ont payé de leur vie le privilége d'avoir chez eux des filons d'or : les Espagnols firent périr dans les mines toute cette population inoffensive dont il ne reste plus de traces. Ces conquérants avides retiraient chaque année du Cibao et de Saint-Christophe 46 mille marcs d'or, équivalant à peu près à 36,800,000 de francs. On évalue à 370 millions de francs la quantité d'or extraite des mines haïtiennes jusqu'au moment où la race indienne, presque détruite, cessa d'être employée à l'extraction de ce métal.

Les mines d'Haïti ont été complétement abandonnées depuis cette époque. Quelques compagnies se formèrent cependant ou plutôt essayèrent de se former pour les exploiter lorsque la République Dominicaine fut réunie à la République d'Haïti. L'une d'elles, dirigée par un Anglais, conclut, en 1825, avec le gouvernement du président Boyer, un traité qui lui assurait le monopole des mines d'or de la partie orientale de l'île ; mais le minéralogiste envoyé sur les lieux, ayant perdu un de ses compagnons, fit un rapport très-désavantageux, dans lequel il allait jusqu'à nier l'existence de l'or dans la chaîne du Cibao, en dépit des vérités historiques et géologiques les plus incontestables, et l'entreprise ne reçut pas d'autre suite.

Une seconde compagnie, formée à Londres comme la précédente, fit en 1836, des démarches qui n'amènerent aucun résultat. Une troisième s'organisa l'année suivante, sous la direction d'un Haïtien, Nicolas Julia, de Sant-Yago, qui trouva des fonds en Angleterre, et commença l'exploitation en 1842, avec sept ouvriers anglais et un certain nombre d'habitants du pays, mais dans d'autres gisements que ceux du Cibao. Il ne disposait pas de moyens assez puissants, et les mines furent encore une fois abandonnées.

Ces tentatives infructueuses ne décourageront pas les chercheurs d'or. L'appât de la fortune est irrésistible ; on n'oubliera pas les trésors retirés du Cibao par les Espagnols, et le lingot de 200 onces qu'on y découvrit un jour.

Il existe aussi, dans les limites du territoire haïtien, des sources minérales et thermales, dont les principales sont celles du Port-à-Piment et celles de Banica, situées comme les premières, dans le département de l'Artibonite. Les sources de Port-à-Piment ont des propriétés curatives très-remarquables et les colons y avaient construit un bel établissement qu'on a laissé tomber en ruines. Les communes de Dalmarie, des Irois, de Tiburon, de Jacmel, du Mirebalais, etc., possèdent d'autres sources qu'on pourra un jour utiliser, bien qu'elles soient moins abondantes que les précédentes.

De toutes les richesses minérales qu'Haïti recèle dans son sein, une des plus précieuses serait, sans contredit, la houille, devenue l'élément indispensable de toutes les industries perfectionnées. La navigation, les chemins de fer dont Haïti peut désirer quelques tronçons, l'exploitation de la canne, les distilleries, etc., nécessitent l'emploi de ce combustible. En existe-t-il des gisements dans cette île que la nature a comblée de ses dons les plus magnifiques? C'est une question qui vaut la peine d'être examinée.

S'il fallait s'en rapporter à M. James Bruce, la houille serait circonscrite sur notre globe dans une zone comprise entre les 51e et 55e degrés de latitude nord, c'est-à-dire entre deux cercles parallèles tirés autour de la terre, et passant, l'un vers l'embouchure de la Saverne et l'autre dans les environs de Newcastle.

Elargissons cette zone de six degrés pour la placer entre le 45e et le 55e, et nous aurons à exclure du privilége de renfermer de la houille : L'Océanie et l'Afrique tout entières ; en Europe, la Suède, la Norvège, la Finlande, une grande partie du Danemark, les provinces baltiques de la Russie, toute la Russie au nord de Moscou, la Turquie avec les principautés, la Grèce, l'Italie, à l'exception du

Piémont, l'Espagne et tous les départements méridionaux de la France, depuis le confluent de la Garonne et de la Dordogne, jusqu'aux sources de la Durance ; en Asie la totalité des provinces appartenant à la Turquie, la région Caucasienne, la Perse, le Turkestan indépendant, l'empire Chinois, l'Inde et le Japon ; en Amérique presque tous les États-Unis sauf la lisière du nord, le Mexique, les Antilles et les immenses régions de l'Amérique méridionale.

Il se peut que les plus grands bassins houillers se trouvent dans les limites étroites désignées par M. Bruce. Ce fait toutefois reste encore à prouver, car nous ne connaissons que très-imparfaitement la constitution géologique de notre planète. Quoi qu'il en soit, il existe dans une foule de pays, trop inconsidérement condamnés par M. Bruce, des gisements carbonifères d'une richesse inépuisable ; tels sont les districts houillers de la Pennsylvanie, du Maryland, de l'Ohio, de la Virginie, du Kentucky, du Tennessee, des Carolines et de la Géorgie, d'où l'on a extrait en 1858 plus de 14,500,000, tonneaux de combustible, ceux de l'Australie, qui sont d'une prodigieuse abondance. On en exploite également, et de toute antiquité, dans la Chine ; on en a découvert dans l'Inde, dans le Mexique, sur beaucoup d'autres points de l'Amérique, en Europe, en Algérie, etc.

Les Antilles elles-mêmes n'en sont pas privées. Nous savons qu'il s'en trouve à Porto-Rico des couches considérables, mais d'une exploitation difficile, en raison de l'aspérité des terrains qui les renferment ; nous savons, en outre, que l'île de Cuba en possède des mines très-abondantes dont on a commencé à tirer parti. Le minéral qu'elles fournissent n'est pas de la houille proprement dite, c'est-à-dire du charbon parvenu à l'état de formation complète,

Il appartient à la classe des lignites, c'est-à-dire de ces combustibles propres aux terrains tertiaires, qui conservent encore la texture des matières végétales qui les ont formés. Les lignites n'en sont pas moins une ressource précieuse pour les pays qui en renferment de grands dépôts.

Celui de Cuba est noir velouté ; son éclat est gras et son coke très-léger. En voici les éléments déterminés par les chimistes les plus expérimentés. *Densité*, 1,197 ; *nature du coke*, boursoufflé ; *poids du coke*, 39,0 ; *quantité de carbone*, 75,85 ; *quantité d'hydrogène*, 7,25 ; *quantité d'oxygène et d'azote*, 12,96 ; *quantité de cendres*, 3,94 ; *hydrogène en excès*, 5,70 ; *puissance calorifique* en prenant 7,800 pour le carbone et 23,640 pour l'hydrogène, 7,263 ; *puissance calorifique* en prenant 7,170 pour le carbone et 34,742 pour l'hydrogène, 7,418. Le lignite de Cuba est donc d'excellente qualité.

Si Cuba et Porto-Rico possèdent des gisements de charbon minéral, on pourrait, de prime abord, en inférer qu'Haïti, qui se trouve entre ces deux îles dont elle n'est séparée que par d'étroits canaux, doit également en renfermer. Ces trois pays, en effet, ne sont que les sommités d'une même terre dont les parties basses ont été jadis recouvertes par les eaux ; la nature de leur sol est identique et l'on y rencontre les mêmes espèces végétales et métalliques. Les observations géologiques paraissent confirmer ces inductions.

Il est généralement admis qu'il y a des mines de houille dans les environs de Sant-Yago, sur le cours d'une petite rivière, l'Ainbaji. Un mulâtre de la Jamaïque, M. Richard Hill, qui parcourait l'île pour étudier l'état des noirs émancipés, alla visiter ces gisements au mois de mai 1831. La presqu'île de Samana passait également pour renfermer du charbon minéral, et au moment où nous corrigeons les épreuves de ce travail, nous lisons dans les journaux de Madrid, que les autorités espagnoles de Samana ont fait explorer les localités où l'on signalait l'existence de ce combustible, qui aurait été parfaitement constatée. Les gisements, si l'on pouvait s'en rapporter complétement à des investigations faites à vol d'oiseau, seraient d'une richesse inépuisable. Tout ce qu'il est permis, quant à présent, d'induire de ces rapports, c'est que la présence du lignite à Samana n'est plus douteuse. Le sol d'Haïti n'aura sans doute rien à envier à la partie espagnole de l'île. L'Exposé de la situation de la République, publié dans le *Moniteur haïtien* du 26 octobre 1861, annonçait même que le gouvernement était sur le point de concéder à une compagnie étrangère les mines de houilles des départements du Nord, de l'Artibonite et du Sud. Un homme de couleur du pays, M. Eugène Nau, a exploré ces localités par ordre du gouvernement, et son rapport est venu confirmer les espérances qu'on avait conçues (1).

Nous n'avons aucun motif de mettre en doute la réalité des découvertes de M. Eugène Nau, puisqu'elles sont conformes aux traditions locales et aux probabilités géologiques ; mais il ne suffit pas d'avoir constaté l'existence de la

(1) Ces gisements de houille, suivant M. Eugène Nau, s'étendraient sur une partie considérable du territoire de la République, de Las Cahobas à Hinche, de Hinche à Banica et de Hinche à Saint-Michel de l'Atalahaie, sans compter deux autres dépôts, l'un dans la commune de Neybe et l'autre près de la ville des Cayes. Ce bassin houiller, d'après M. Nau, aurait soixante lieues de long sur soixante lieues de large.

houille ou plutôt du lignite, il faut, avant de tirer parti de ces richesses, procéder à des investigations plus attentives, se rendre compte de la qualité du combustible, de l'épaisseur et de l'étendue approximative des couches ; M. Eugène Nau n'a pas assurément la prétention d'avoir dit le dernier mot sur une question si délicate et si sérieuse. Tout en rendant justice à son talent, nous pensons que le gouvernement haïtien n'aurait rien de mieux à faire que d'appeler un ingénieur européen très-expérimenté, muni de tous les instruments nécessaires, et de le charger d'une investigation approfondie. Alors on saura quelle importance il convient d'attacher aux gisements dont M. Nau a signalé l'existence, et sur quelles bases le gouvernement pourrait traiter raisonnablement avec une compagnie, en restant maître de la situation, avantage qu'on perdrait en partie, si une compagnie se chargeait, à ses risques et périls, des explorations préliminaires.

Nous portons trop d'intérêt à la République d'Haïti pour méconnaître l'influence heureuse qu'exercerait sur son développement économique l'exploitation d'une ou plusieurs mines de houille ; mais nous sommes obligés, en raison même de la sympathie que nous avons pour elle, de la rappeler à la pénible réalité. Si elle possède véritablement les immenses dépôts houillers dont parle M. Nau, peut-elle dès maintenant les exploiter ou les faire exploiter dans de grandes proportions ?

Cette question méritait d'être posée, et la solution en est au moins douteuse.

Pour extraire du sol les richesses minérales qu'il recèle, il faut, avant tout, des bras et des bras en grand nombre. Or, on ne saurait affirmer qu'une Compagnie, disposant de tous les capitaux nécessaires, pût, dans l'état actuel des choses, se procurer des travailleurs pour une exploitation quelconque et surtout pour une exploitation souterraine.

On ne trouve pas, vu l'extrême division de la propriété, assez d'ouvriers indigènes, pour créer de grands établissements agricoles ; la rareté de la main-d'œuvre a été la cause principale, nous dirons presque exclusive de la décadence de l'industrie sucrière : comment donc espérer pour la houille ce qu'on n'a pu obtenir pour l'agriculture et pour les sucreries dont les travaux sont familiers à toute la population noire?

Il se trouve en Haïti, peut-être, quelques grands propriétaires qui, désolés de voir leurs terres incultes, faute de travailleurs mercenaires, se répandent en plaintes amères contre le gouvernement, l'accusent de négliger l'agriculture, et voudraient le déterminer à se servir de la police rurale pour contraindre le peuple à cultiver leurs champs en friche. Ces mêmes hommes s'imaginent, sans doute, qu'on parviendait, en usant du même procédé, à pousser les noirs dans les mines; mais le président Geffrard et ses ministres comprennent autrement la liberté, et ils ne mettront pas, Dieu merci, entre les mains de leurs agents le bâton tricolore de Toussaint-Louverture.

Une Compagnie pourrait-elle, du moins, se procurer en Europe les bras qu'on lui refuserait dans le pays? Assurément non. Les Européens émigrent pour chercher fortune ou pour se faire dans le Nouveau-Monde une position meilleure que celle dont ils jouissaient dans leur patrie; ils ne consentiraient pas à traverser les mers pour gagner péniblement dans les mines un très-modique salaire.

Des labeurs si rudes les tueraient d'ailleurs sous le climat des Antilles : on n'a donc rien à attendre de ce côté.

Obtiendrait-on plus facilement des immigrants indiens ou chinois? Nous ne le pensons pas. Les coulis s'engagent pour un travail déterminé, et celui des houillères ne leur sourirait pas assez pour les déterminer à quitter le sol natal.

Les dépôts carbonifères d'Haïti sont donc, à nos yeux, une richesse réservée à l'avenir beaucoup plus qu'au présent.

La mine, la vraie mine à exploiter, c'est l'agriculture. Quand on aura su la mettre en plein rapport, le reste viendra par surcroît, travaux des mines, chemins de fer, etc.; mais aujourd'hui on courrait aux déceptions si l'on s'obstinait à extrairé la houille sur une trop grande échelle. Le pays n'en consomme qu'une quantité très-minime ; que ferait-il du surplus ? L'exportation en serait impossible si ce combustible était de qualité inférieure, comme il y a toute apparence, et s'il était de qualité supérieure, il faudrait, pour en trouver l'écoulement, pouvoir le livrer à un prix égal aux charbons anglais, belges, prussiens et américains.

Or, si la perspective d'un grand débouché pour les houilles nationales s'ouvrait devant Haïti, elle s'ouvrirait également devant Cuba et Porto-Rico, qui, à l'aide du travail esclave, pourraient extraire le combustible à meilleur marché, et tuer, par la concurrence, l'industrie carbonifère d'Haïti.

Nous ne donnons pas ce raisonnement comme absolument péremptoire, mais il mérite d'être pris en considération, car, avant de se lancer dans une entreprise, il faut l'envisager sous toutes ses faces, et ne pas trop subordonner les froids calculs de la raison aux théories plus séduisantes d'une imagination d'autant plus prompte à s'égarer qu'elle est échauffée par un ardent patriotisme.

CHAPITRE VI

Situation financière. — L'indemnité. — L'emprunt. — Le papier-monnaie. — Commerce. — Traités de commerce. — Mouvement commercial et maritime.

La difficulté, disons-mieux, l'impossibilité de réunir un nombre assez considérable d'ouvriers n'est pas le seul obstacle qui s'oppose au développement de l'industrie et à l'exploitation des grandes propriétés rurales; les Haïtiens manquent d'argent et ne peuvent en obtenir qu'à des prix usuraires.

La situation financière de la République n'a été prospère à aucune époque. Les esclaves ne possédaient rien ou seulement de modestes pécules; les libres, au nombre de quarante mille environ, ne comptaient parmi eux qu'un petit nombre de familles aisées; toutes les richesses appartenaient aux blancs, qui les emportèrent; de sorte que le pays se trouva sans argent, avec une agriculture en partie ruinée, des exportations décroissantes et des besoins qui l'obligeaient à rendre au commerce étranger, pour prix des marchandises d'Europe et d'Amérique, l'argent de ses cafés, de ses acajous et de ses bois de teinture.

En 1820, toutefois, on retira des coffres du roi Christophe environ 9 millions de francs, que ce chef noir avait économisés pendant une dizaine d'années; mais la République avait contracté une dette d'honneur ; elle avait dépouillé les anciens colons de leurs propriétés foncières, et le président Pétion n'hésita pas à proclamer, en principe, la justice d'une indemnité. Des négociations s'ouvrirent, et le gouvernement français exigea, par le traité de 1825, que l'indemnité fût portée au chiffre de 150 millions de francs.

Cette somme ne compensait pas, à beaucoup près, les pertes éprouvées par les colons, puisqu'en 1791, on évaluait leurs biens à plus de 350 millions de francs ; mais la question était complexe, et la justice exigeait qu'on l'envisageât à un autre point de vue. L'indépendance était un fait accompli ; les propriétaires d'esclaves, après s'être enrichis, aux dépens des noirs, par un crime de lèse-humanité, devaient supporter les conséquences de la légitime émancipation de leurs anciens esclaves, et il était exorbitant d'imposer à la nation haïtienne une dette qu'elle ne pouvait payer qu'à la condition de renoncer à toute organisation administrative, c'est-à-dire à tout ce qui pouvait lui faire recueillir les fruits d'une liberté qu'elle avait payée avec son sang.

On le vit dès la première année, car lorsqu'il fallut faire un premier versement de 30 millions, le gouvernement haïtien ne put tirer de ses caisses que 5,300,000 francs, si bien qu'il dût, pour compléter la somme, contracter à Paris un emprunt de 25 millions. La France s'était réservée, en même temps, le privilége de ne payer aux douanes haïtiennes que la moitié des droits prélevés sur le commerce étranger, ce qui occasionna encore pendant dix ans un déficit annuel de 1,600,000 francs sur un revenu total d'environ six millions de francs.

Haïti, ployant sous des charges si lourdes, ne pouvait envoyer en France ni les annuités dues aux colons, ni celles de l'emprunt. Pour comble de disgrâce, le prix du café subit une diminution de près de la moitié sur les marchés européens, et le gouvernement, dont la pénurie était extrême, commença, en 1826 à émettre du papier-monnaie, qui, n'étant pas garanti par un encaisse métallique, ne tarda pas être déprécié. La fraude s'en mêla, et des billets falsifiés, qu'il fallut retirer ensuite de la circulation, furent jetés dans le public. Pour suppléer aux manque de monnaie, le président Boyer fit frapper des gourdes ou piastres à 664 millièmes de fin, dont la valeur intrinsèque n'était guère que de 1 fr. 60, et l'on vit les Américains, pour profiter de la différence qui existait entre la valeur réelle et la valeur légale de ces gourdes, inonder le pays d'une quantité considérable de fausse monnaie, ce qui produisit une nouvelle perturbation, bien que ces pièces continssent autant d'argent que celles du gouvernement.

Il résulta, et il résulte encore de cette situation, bien qu'elle ait été améliorée par le retrait successif des billets et des monnaies de mauvais aloi, que la piastre espagnole ou piastre forte devint indispensable pour opérer les paiements à l'étranger, et qu'elle se fit payer très-cher, d'autant plus cher que le gouvernement lui-même faisait acquitter en monnaie espagnole le montant des droits d'importation.

Voyant qu'Haïti ne payait ni ne pouvait payer les annuités trop fortes de l'indemnité, le gouvernement français pensa qu'il n'y avait rien de mieux à faire, dans l'intérêt même des anciens colons, que de réduire le chiffre primitivement fixé. Un traité intervint en 1838, et la somme à verser fut réduite à 60 millions de francs payables en trente annuités, sans intérêt. La répartition fut établie comme il suit :

1838-1842	1,500,000	francs.
1843-1847	1,600,000	»
1848-1852	1,700,000	»
1853-1857	1,800,000	»
1858-1862	2,400,000	»
1863-1867	3,000,000	»

La première série fut intégralement payée par le président Boyer, et Hérard-Rivière, qui occupa après lui, le fauteuil présidentiel, put encore envoyer en France la première annuité de la seconde série ; mais le service de la dette fut interrompu pendant cinq ans, (1844-1848). Ces cinq années furent rejetées à l'arriéré, en vertu d'une convention conclue le 15 mai 1849 entre Soulouque et M. Levasseur, consul général de France à Port-au-Prince. Les paiements, depuis lors, se sont opérés sans interruption. Au premier 1er juin 1859, il était dû encore 32 millions sur l'indemnité et 14,909,000 francs sur l'emprunt, en tout, 46,909,000 francs ; mais il a été fait depuis un nouveau versement de 8 millions, de sorte qu'au mois d'octobre 1861 Haïti ne devait plus à la France que 38,909,000 francs.

Afin de pouvoir payer régulièrement l'indemnité, Soulouque avait fait établir sur tous les cafés exportés, le prélèvement d'un cinquième en nature, et les cafés provenant de cette retenue étaient vendus au compte de l'État. Cette opération donnait lieu à des fraudes honteuses dont Soulouque donnait l'exemple et retirait les premiers bénéfices; car Sa Majesté aimait le *Guiobe* (1) d'un amour plus tendre encore que le Vaudou. Le trésor fut ainsi frustré, pendant le règne de Soulouque, d'une somme de 15 millions de francs, sans compter les détournements opérés au moyen des commandes.

Le président Geffrard a mis un terme à ces dilapidations ruineuses. Il a remplacé le prélèvement du cinquième par un droit fixe d'une piastre 3/4 par cent livres pesant de café, impôt qui ne saurait inspirer en France la moindre appréhension, au point de vue du paiement régulier de

(1) *Guiobe* ou *Job*, pot-de-vin. « Soulouque avait une passion dominante, celle de l'argent. Pour s'enrichir, il ne reculait pas devant les spéculations les plus honteuses. L'armée avait-elle besoin de fusils, de shakos, de souliers, de ceinturons, l'empereur accordait à tel ou tel de ses favoris le privilége de les fournir. Le favori faisait payer 30 fr. l'objet qui en avait coûté 10; mais Soulouque prenait sa part dans les bénéfices, et tout allait pour le mieux dans le meilleur des mondes.

« Quand il s'agissait de fournitures d'une grande importance, Sa Majesté daignait s'en charger elle-même. Elle faisait acheter, par exemple, en Europe, deux mille carabines Minié, qui, arrivées en Haïti, reviennent à 55 fr., et, en bon prince, il se contentait de les céder à l'État au prix modique de 200 fr. la pièce.

« Soulouque avait confié la vente des cafés, provenant du cinquième, à la maison E. Lloyd et Ce, de Liverpool, mais en se réservant un pot-de-vin annuel de plusieurs centaines de mille fr. Quelques familiers du palais percevaient également un droit sur le cinquième, de sorte que la maison Lloyd était censée n'avoir vendu, par exemple, que 20 fr. une quantité de café qui en valait 30. On évalue à environ 15 millions de francs la somme qu'on a ainsi fait perdre à l'Etat depuis 1850 jusqu'à la chute de Soulouque. » (*Annuaire Encyclopédique* de 1859-1860.)

l'indemnité, puisqu'en évaluant à 50 millions de livres l'exportation annuelle du café, le nouveau droit produira plus de quatre millions de francs, c'est-à-dire un million de plus que chacune des annuités de la dernière série, qui sont les plus fortes.

Telles sont les phases principales de l'histoire financière d'Haïti. Le président Geffrard, qui a fait de la probité administrative la devise de son gouvernement, s'applique avec zèle à améliorer la situation ; mais l'avenir même du pays nécessite de grands sacrifices ; il faut ouvrir des crédits pour l'instruction publique, pour l'immigration, pour les travaux publics, etc. ; c'est semer pour récolter ; mais malgré la réduction de l'armée, il n'a pas été possible, jusqu'à présent, d'équilibrer le budget des recettes et celui des dépenses, et on a dû, pour établir la balance, émettre cette année encore une certaine quantité de papier-monnaie. C'est un système d'emprunt dont on a trop souvent usé et abusé ; mais il faut rendre au gouvernement actuel cette justice, qu'il n'a recouru à cette ressource fâcheuse qu'avec une louable sobriété.

Les finances haïtiennes seront nécessairement obérées jusqu'au moment où la République se trouvera complétement libérée de ses engagements envers la France, ce qui n'aura lieu que dans huit ou neuf ans. Les annuités de l'indemnité et de l'emprunt absorbent en effet plus d'un tiers du revenu total ; mais les Haïtiens voient poindre le jour où ils seront débarrassés enfin d'un fardeau si pesant, et ce doit être pour eux un puissant encouragement, car le gouvernement pourra consacrer alors toutes les ressources du pays à son développement moral et matériel.

Le paiement de la double dette, qui a eu lieu depuis

douze ans avec une régularité parfaite, témoigne d'une amélioration sensible dans les finances de l'État. Les revenus ont progressivement augmenté. Nous aurions voulu le démontrer au moyen de chiffres officiels; mais les éléments nous manquent pour dresser le tableau que nous avions en vue; car sous le règne corrompu de Soulouque les dilapidations étaient à l'ordre du jour et entraînaient après elles les comptes-rendus fictifs et les mensonges budgétaires. Nous nous bornerons donc à indiquer les recettes du trésor à diverses époques. Elles étaient en 1812, de 279,187 gourdes fortes ou piastres; en 1813, de 605,331; en 1815, de 1,136,624; en 1819, de 1,832,940. De 1821 à 1842 elles s'élevaient en moyenne à 2,500,000 piastres; mais il faut se rappeler que la partie espagnole de l'île était alors annexée à la République d'Haïti.

Voici maintenant, comme point de comparaison, le budget de 1861, comprenant le tableau des voies et moyens et les crédits votés pour les différents services. La monnaie étrangère dont il est parlé dans ces documents, est la piastre forte espagnole, qui vaut 5 francs 33 centimes; la monnaie nationale est la gourde haïtienne; il faut environ quatorze gourdes pour faire une piastre forte.

Nous croyons utile de donner le texte même de la loi portant fixation des dépenses, afin de montrer les sommes allouées pour les différents services :

Article premier. — Des crédits sont ouverts jusqu'à la concurrence de la somme de 1,334,550 g. 44 c., monnaie étrangère, et de 11,289,876 g. 66 c., monnaie nationale, pour les dépenses de l'exercice 1861, conformément aux états ci-annexés, applicables, savoir :

	Monnaie étrangère.	Monnaie nationale.
Au service de la secrétairerie d'État des finances et du commerce.	84,081 53	298,537 50
Au service de la secrétairerie d'État de l'intérieur et de l'agriculture.	137,443 »	2,471,197 92
Au service de la secrétairerie d'État de la guerre et de la marine.	216,672 73	5,093,593 24
Au service de la secrétairerie d'État de la justice et des cultes.	58,634 83	359,952 »
Au service de la secrétairerie d'État de la police générale.	51,307 47	386,596 »
Au service du département des relations extérieures.	633,320 »	36.000 »
Au service du département de l'instruction publique.	153,090 88	2,644,000 »
	1,334,550 44	11,289,876 66

Art. 2. — Il sera pourvu aux dépenses mentionnées dans l'article premier de la présente loi, et dans les états ci-annexés, par les voies et moyens de l'exercice de 1861.

Art. 3. — Il sera imputé sur le montant de la recette des mois un douzième du chiffre alloué à chaque secrétairerie d'État.

Art. 4. — Est accordée la faculté d'ouvrir par arrêté du président d'Haïti : 1° des crédits supplémentaires pour subvenir à l'insuffisance, dûment justifiée, d'un service porté au budget; 2° des crédits extraordinaires pour subvenir aux dépenses demandées par des besoins imprévus.

Art. 5. — Tous arrêtés du président d'Haïti, qui, en l'absence des chambres, auraient ouvert aux secrétaires d'État des crédits, à quelque titre que ce soit, seront remis pour être soumis à la sanction législative.

Art. 6. — La présente loi sera exécutée à la diligence des secrétaires d'État, chacun en ce qui le concerne.

Voies et Moyens.

CHAPITRES.	SECTIONS.		MONNAIE étrangère.	MONNAIE nationale.	MONNAIE étrangère.	MONNAIE nationale.
1	1	Importation.	770,000			
	2	Tonnage.	110,000		880,000	
2	1	Additionnel.				
	2	Ancrage.	200			
	3	Consignation. . . . . , .	30,500			
	4	Pesage à l'importation.	10,000			
	5	Wharfage —	40,000			
	6	Dix pour 0/0 additionnels sur le pesage et le wharfage.	5,000		85,700	
3	1	Pesage à l'exportation.		50,000		
	2	Wharfage —		60,000		
	3	Dix pour 0/0 additionnels sur le pesage et le wharfage.		11,000		
	4	Exportation.	875,000	800,000		
	5	Territorial.		500,008		
	6	Fontaine.				
	7	Interprète.		4,000		
	8	Echelle.		12,000	875,000	1,437,000
4	1	Boucherie, fermage.				
5	1	Biens domaniaux (fermage). . .				233,000
6	1	Valeur locative.		150,000		
	2	Impôt foncier.				
	3	— sur le rhum et le tafia. . .		100,000		250,000
7	1	Timbre.		180,000		
	2	Patentes.		350,000		530,000
8	1	Enregistrement.	1,000	120,000		
	2	Hypothèques.		1,000	1,000	121,000
9	1	Produit de 1 g. 66 2/3.		25,000		
	2	— de 2 g. 50.		15,000		40,000
10	1	Biens domaniaux (vente).				800,000
11	1	Retenue de 1 g. pour 0/0.	500	16,000		
	2	Droits curiaux.		3,000		
	3	Produit des greffes.		12,000		
	4	— des successions vacantes.		5,000		
	5	Vente des bois d'acajou et autres.	50,000	»	50,500	36,000
	6	Diverses recettes extraordinaires.		»		
12	1	Produit de la mon. forte convertie.	. . . .	. . . .		
					1,892,200	3,447,000

Un pays où l'argent est rare, où il se fait payer cher et où le crédit est à peine connu, ne peut se livrer aux grandes opérations commerciales. Haïti ne fait donc pas le commerce extérieur, celui qui exige la navigation de long-cours. La marine marchande ne comprend qu'un petit nombre de grosses barques occupées au cabotage sur les côtes de l'île (1). Il faut rappeler d'ailleurs, qu'en vertu d'une loi dictée par la prudence, il est interdit aux bâtiments haïtiens, de fréquenter les îles de la mer des Antilles soumises au régime de l'esclavage, afin de préserver le pavillon national d'insultes dont on n'aurait pu tirer vengeance. Or, jusqu'en ces derniers temps, l'esclavage régnait dans toutes les îles de l'Archipel, ce qui suffirait pour expliquer le peu d'extension de la marine marchande d'Haïti.

A l'intérieur, le commerce est encore dans l'enfance ; les noirs vivent de peu, les communications sont difficiles, et il n'existe pas à Port-au-Prince un seul établissement de crédit public. Les billets de change et les billets à ordre sont à peine en usage ; on ne vend et on n'achète, pour ainsi dire, qu'argent comptant, et les emprunts sont très-onéreux, car l'intérêt dépasse souvent 3 0/0 par mois. Toute la masse du numéraire circulant en Haïti n'était évaluée, en 1850, qu'à 2,820,000 piastres, dont 2,555,000 étaient des gourdes haïtiennes ayant cours dans le public avec une valeur légale de 3 francs, supérieure de près de la moitié à leur valeur réelle.

(1) Le gouvernement haïtien voulut, à une époque, favoriser la navigation de long-cours, et il accorda de grands priviléges aux armateurs ; mais il s'aperçut bientôt que les Haïtiens, manquant de capitaux, ne pouvaient profiter de ses concessions, et voyant que le pavillon haïtien ne pouvait couvrir que des spéculateurs étrangers, capables de le compromettre, il retira les priviléges.

C'est le commerce, pourtant, qui fait vivre presque toute la population des villes ; car l'État, ne pouvant, à cause du service de la dette, rétribuer convenablement les employés, ceux-ci sont obligés d'avoir des magasins ou des boutiques qui sont tenus par leurs femmes ou par des commis. La concurrence dès lors est immense, et l'activité du commerce est paralysée à force d'être fractionnée. Mais la nécessité commande, et la loi, qui doit avant tout protéger les citoyens, interdit aux étrangers le commerce de détail. Ils doivent s'en tenir au rôle de consignataires, et ne vendre les marchandises importées qu'aux marchands en gros du pays, chez lesquels vont se fournir les détaillants. On use toutefois d'une certaine tolérance, et les consignataires ne sont pas inquiétés lorsqu'ils vendent à un particulier une pièce de vin tout entière, une pièce de drap, etc. Mais on a trouvé qu'ils abusaient de ce privilége, et une loi, promulguée en 1860, est venue de nouveau leur interdire le commerce de détail. Espérons qu'Haïti pourra se passer bientôt d'une tutelle si rigoureuse.

Plusieurs gouvernements étrangers ont fait des démarches auprès du cabinet de Port-au-Prince pour obtenir de lui des traités de commerce. Il a fallu malheureusement repousser ces avances. Un traité ne peut avoir d'autre base que celle de la *réciprocité*; mais quelle réciprocité peut-on proposer à un pays qui ne possède pas une marine marchande ? Il y aurait pour lui tout à perdre et rien à gagner, puisqu'il devrait abaisser ses droits de douane sans profiter directement de l'abaissement de ceux de l'autre partie contractante.

On l'a bien compris en France ; aussi, dans la convention de 1838, relative au paiement de l'indemnité, s'est-on borné à insérer cette simple clause : « Il est convenu que les consuls, les citoyens, les navires et les marchandises ou produits de chacun des deux pays, jouiront à tous égards dans l'autre du traitement accordé ou qui pourra être accordé à la nation la plus favorisée et ce, gratuitement, si la concession est gratuite, ou avec la même compensation si la concession est conditionnelle. »

Haïti ne peut conclure en effet des traités de commerce que sur le principe général du traitement accordé *à la nation la plus favorisée*, comme le Sénat le déclara, dans un message adressé au mois d'août 1841 au président Boyer, relativement à un projet de traité négocié sur cette base avec la Belgique. Mais la République ne refuserait pas d'insérer dans ses traités des clauses positives en faveur des nationaux étrangers résidant sur son territoire, bien que la Constitution garantisse aux étrangers tous les avantages stipulés par le droit des gens.

Une autre nation, l'Espagne, a voulu plus récemment conclure avec Haïti, un traité de commerce, de navigation et d'extradition ; mais il semble que cette puissance, absorbée dans ses rêves de grandeur et dans la contemplation de sa gloire à venir, ait cessé de distinguer les limites qui séparent le possible de l'impossible. Elle ne se contenta pas de demander la réciprocité commerciale, elle voulait l'obtenir en matière *d'extradition*. C'était oublier qu'un abîme sépare la nation libre d'Haïti de l'Espagne coloniale obstinée à perpétuer le régime odieux de l'esclavage. Le gouvernement du président Geffrard ne pouvait entrer en discussion sur des propositions pareilles. Supposez, par exemple, que des esclaves fugitifs viennent chercher un asile sur le sol de la République, supposez même qu'ils soient des criminels aux yeux de l'Espagne, qu'ils aient assassiné à Cuba ou à Porto-Rico un maître coupable de mauvais traitements à leur égard ; le gouvernement haïtien pourrait-il, devrait-il les livrer au propriétaire qui les réclame ? Il ne le pourrait pas sans s'exposer à une insurrection populaire ; il ne le devrait pas, parce que la Constitution s'y oppose.

« Le droit d'asile, dit la Constitution, est inviolable et sacré dans la République, sauf les cas d'exceptions prévus par les lois. » Mais il n'y a pas, dans le Code haïtien, de loi qui ait prévu les cas exceptionnels, et quant à celui dont nous venons de parler, les chambres haïtiennes le trancheraient sans hésiter à l'avantage des esclaves fugitifs (1).

Une autre loi, qui peut sembler dure aux étrangers, prohibe l'importation de tous les produits identiques à ceux qui sont récoltés dans le pays. Mais cette mesure a paru indispensable pour protéger l'agriculture haïtienne contre la concurrence des colonies européennes, où le travail esclave peut produire à un bon marché excessif. C'est pour une raison analogue que le cabotage, sur les 351 lieues (1,400 kilomètres) de côtes de la République, est exclusi-

(1) Nous croyons utile de rappeler à ce sujet, un événement qui se passa à Santo-Domingo, à l'époque où le général Borgella en avait le commandement. Plusieurs esclaves, s'échappant de la Martinique dans une barque, y arrivèrent un jour : ils furent bien accueillis. Le surlendemain on vit entrer dans le port, un bâtiment français chargé de les réclamer. Le général Borgella déclara au capitaine que les lois du pays ne lui permettaient pas de rendre les esclaves fugitifs, devenus libres en touchant le sol d'Haïti, et l'officier français n'insista pas d'avantage. On peut se reporter, pour plus de détails, au tome VIII des *Études sur l'histoire d'Haïti*, page 191.

vement réservé aux nationaux, parce qu'ils peuvent seuls former des matelots pour la marine de l'État.

Il ne nous reste plus, pour terminer cet aperçu rapide sur les finances et le commerce, qu'à exprimer en chiffres les progrès du commerce haïtien. Le tableau suivant fera connaître le mouvement de la navigation dans les ports de la République (entrées et sorties), et la valeur des importations et des exportations, à laquelle il faut ajouter la valeur du commerce interlope, qui est, dit-on, d'environ 5 millions de francs.

ANNÉES.	NAVIRES.	TONNEAUX.	IMPORTATIONS en francs.	EXPORTATIONS en francs.	TOTAL des importations et exportations.
1852	995	139,289			
1853	944	161,472	21,259,356		
1854	1,025	156,857	22,277,505		
1855	1,142	190,417	25,337,700	15,891,923	
1856	1,170	193,386	24,949,380	23,579,200	
1857	1,195	200,344	30,437,000		
1858			19,791,000	32,280,000	
1859					
1860					
1861					

Ces chiffres sont concluants, et ceux qui suivent ne le sont pas moins. Ils se rapportent aux principaux produits exportés à différentes époques. Les quantités sont exprimées en livres.

	1818	1822	1853	1856	1857	1858	1859	1860
Café.......	26,065.200	24.235.372	48,300,000	50,9[illegible]0,000	46,500,000	46,570.000	41 711,000	60,514,829
Campêche.	6,819,300	8,295,080					88,177,600	104,321,200
Coton.....	474,118	592,368				451,200		2,500,000
Cacao.....	484,368	464,154				1,456,200		

CHAPITRE VII

L'article 7 de la Constitution. — Pourquoi on en demande l'abrogation. — Cette demande est-elle fondée ? — Difficultés d'une immigration blanche. — La race blanche ne s'acclimate pas dans les Antilles. — Droits et priviléges accordés aux étrangers par la Constitution haïtienne.

Il se trouve, en tous pays, des hommes à l'imagination ardente, qui, passionnés pour le bien et pour le mieux, fascinés par un idéal de réformes souvent impraticables ou prématurées, s'imaginent qu'on peut d'un trait de plume réorganiser tout un peuple et le faire entrer de plain-pied dans le paradis terrestre. Cette classe de rêveurs n'est pas inconnue à Port-au-Prince. Il ne faut pas trop s'en plaindre, parce que dans le nouveau monde aussi bien que dans l'ancien, les gouvernements et les peuples ont toujours besoin de sentir un aiguillon qui les excite, et d'entendre bourdonner à leurs oreilles une voix qui leur crie : En avant!

Mais la sagesse, pour les gouvernements, consiste à réaliser tout ce qui est réalisable et à laisser poliment à la porte les utopistes qui, dans leur zèle, voudraient faire passer la charrue avant les bœufs.

Il s'est formé à Port-au-Prince un petit parti qui réclame avec persistance l'abolition de l'article 7 de la Constitution, ainsi conçu : « Aucun blanc, quelle que soit sa nation, ne pourra mettre le pied sur le territoire haïtien, à titre de maître ou de propriétaire, et ne pourra, à l'avenir, y acquérir aucun immeuble ni la qualité d'Haïtien. » La suppression de cette loi aurait, assure-t-on, pour résultat d'amener une transformation rapide du pays, d'y attirer en abondance les capitaux, l'intelligence et les bras des hommes de race blanche, et de hâter, par ce fait même, le développement de toutes les branches de l'agriculture, de l'industrie et du commerce. La question ainsi posée, mérite un examen sérieux.

L'article 7 est si diamétralement opposé à l'esprit général du dix-neuvième siècle et aux tendances libérales de notre civilisation, qu'on est porté, tout d'abord, à le condamner comme une œuvre barbare, comme un monument de haine et de jalousie. Mais il ne faut pas juger une cause avant d'en avoir soigneusement étudié les dossiers.

Pour peu qu'on connaisse l'histoire de l'ancienne colonie française, on se rend parfaitement compte des motifs qui ont déterminé les législateurs à introduire dans la Constitution la mesure rigoureuse dont nous nous occupons. La première qualité d'une charte est de pouvoir s'appliquer au peuple qu'elle est destinée à régir, et d'être en harmonie avec ses besoins, ses intérêts, ses tendances. Or, à l'époque où fut rédigée la Constitution haïtienne, la haine des noirs contre les Européens n'était pas encore éteinte, et leur méfiance était extrême contre les gouvernements qui, tous, maintenaient l'esclavage dans leurs colonies.

Ces sentiments, il faut bien l'avouer, étaient légitimes de la part des noirs. Ils avaient leur source dans la longue tyrannie exercée par les blancs sur la race africaine, dans les cruautés atroces qui avaient signalé la guerre de l'indépendance, et enfin dans les projets qu'on n'avait cessé de former en France pour reconquérir Saint-Domingue. Que disait-on alors à Paris ? que proposait-on au gouvernement ? quels étaient les plans hautement avoués et publiés dans une foule de journaux, de brochures et de livres par le parti toujours puissant des anciens colons ? On peut en juger par l'extrait suivant d'une brochure publiée en 1814 par M. Drouin de Bercy.

Drouin de Bercy proposait au gouvernement, après avoir reconquis Saint-Domingue et rétabli l'esclavage, de l'alimenter en consacrant aux opérations de la traite, un certain nombre de vieilles frégates, et d'envoyer dans l'île des filles pauvres, laborieuses, modestes, qui auraient été mariées et dotées aux frais des villes, et de jeunes prostituées qu'on aurait unies à des criminels condamnés à mort ou aux travaux forcés. On aurait fourni à ces chevaliers du bagne, devenus l'espoir de la colonie, des instruments aratoires, des semences et des vivres pour six mois. L'auteur continue en ces termes :

« Que chaque propriétaire soit tenu de se marier et de « n'avoir pour compagnes que des femmes blanches ; que « le gouvernement punisse par la dégradation et la confis- « cation des biens tout colon qui, au lieu d'épouser ou au « moins, d'avoir pour compagne une femme de sa couleur,

« préfère vivre dans un libertinage crapuleux avec ces « concubines noires, plombées, jaunes, livides, qui les « abrutissent ou les dupent, et d'où résultent aux îles « une caste particulière, mélange impur du blanc et du « noir et connue sous le nom de mulâtres... vil rebut « de la nature qui, épouvantée d'horreur à la vue de ce « monstre... etc.

« Que les nègres et les mulâtres ne soient jamais em- « ployés qu'à la culture, qu'aux travaux grossiers et de « force ; qu'ils soient à jamais exclus, dans les villes et « dans les campagnes, de l'état de domesticité ; qu'ils « ignorent l'art de mettre les métaux en œuvre, de pré- « parer les drogues, en un mot, de ce qui peut leur des- « siller les yeux, irriter leur ambition sans bornes et leur « sotte présomption.

« La distance immense qu'ils trouveront entre eux et « les blancs, les empêchera désormais de former des com- « plots et des trahisons. Leur ignorance a fait, pendant « deux siècles, leur bonheur et celui de la colonie ; leurs « connaissances, au contraire, ont tout perdu. En donnant « un libre essor à l'ambition qui germait dans leurs cœurs « sauvages, elles ont étouffé les sentiments qu'on avait « droit d'attendre de ces êtres à figure humaine. Elles « ont fait disparaître ce préjugé favorable qui les portait « à considérer les blancs comme des êtres d'une nature « supérieure à la leur.

« Que les domestiques, les ouvriers, les employés, les « fonctionnaires et les surveillants d'habitations, soient « tous des blancs ; que les servantes des villes, des cam- « pagnes, des hospices et des maisons d'éducation soient « toutes des femmes européennes ; alors la population

« blanche pourra se soutenir sans coûter annuellement des « milliers d'émigrants à l'Europe. »

Dira-t-on que Drouin de Bercy n'était qu'un colon irrité, qu'un propriétaire déchu, dont les opinions, tout individuelles, ne méritaient pas d'être prises en considération. Eh bien, qu'on lise le chapitre II du tome VIII des *Études sur l'Histoire d'Haïti*, de M. B. Ardouin, et l'on y verra que le gouvernement français partageait les idées de Drouin de Bercy et des autres colons.

Malouet, ministre de la marine de Louis XVIII, avait envoyé en Haïti trois agents, Dauxion Lavaysse, Dravermann et Franco de Medina, chargés de gagner Pétion, Christophe et Borgella, et de les convertir à la politique réactionnaire de la restauration bourbonnienne. Or, que lisait-on dans les instructions données par Malouet à ses agents? Elles recommandaient à ces trois hommes, après avoir entraîné les chefs haïtiens, de se rapprocher « le plus qu'il leur serait possible de l'ancien ordre de choses colonial » et de diviser la population en trois catégories, inégalement privilégiées, suivant la quantité de sang européen qui coulait dans leurs veines. Voici, du reste, des passages textuels de ces instructions, auxquels nous regrettons de ne pouvoir joindre les excellents commentaires de M. B. Ardouin :

« Pour cette fois, pourront être admis dans la première « classe, indistinctement, tous les mulâtres anciennement « libres de droit ou nouvellement libérés de fait, soit nés « en légitime mariage, soit bâtards ; mais à l'avenir, ceux « nés en bâtardise, ne participeront pas aux avantages de

« ladite classe ou caste : ils seront restreints à la simple « jouissance de l'homme de couleur libre avant 1789. « Néanmoins, en se mariant dans la première classe, ces « bâtards y feront entrer leurs enfants.

« Quant à la classe la plus considérable en nombre, celle « des Noirs attachés à la culture et aux manufactures de « sucre, d'indigo, etc., il *est essentiel qu'elle demeure ou* « *qu'elle rentre dans la situation où elle était avant* 1789... « Il faudra, de concert avec Pétion, aviser aux moyens de « faire rentrer sur les habitations et dans la subordination « le plus grand nombre de Noirs possible, afin de diminuer « celui des *Noirs libres*. Ceux que l'on ne voudrait pas « admettre dans cette dernière classe, et qui pourraient « porter *dans l'autre* (celle des noirs esclaves) un esprit « d'insurrection trop dangereux, devront être transportés « à l'île de Roatan (dans la baie de Honduras) ou ailleurs.

« En résumé, ils (les trois agents) ne promettront rien « *au delà* de ce qui va être énoncé, après avoir tout fait « pour rester *en deçà*.

« 1° A Pétion, Borgella et *quelques autres* (toutefois que « la couleur les rapproche de la caste blanche), assimila- « tion entière aux blancs et avantages honorifiques, ainsi « que de fortune ;

« 2° Au reste de leur caste actuellement existant, la « jouissance des droits politiques des blancs, à quelques « exceptions près, qui les placent un peu *au-dessous*.

« 3° A tout ce qui est moins rapproché du blanc que le « franc mulâtre, des droits politiques dans une moindre « mesure ;

« 4° Aux libres qui sont tout à fait noirs, encore un peu « moins d'avantages ;

« 5° *Attacher à la glèbe et rendre à leurs anciens pro-*
« *priétaires*, non-seulement tous les Noirs qui travaillent
« actuellement sur les habitations, mais encore y ramener
« le plus possible de ceux qui se sont affranchis de cette
« condition.

« Il est bien entendu que chaque propriétaire (les an-
« ciens colons) soit remis en possession de ses terres et
« bâtiments dans l'état où ils se trouveront, sans égard
« aux *dispositions arbitraires* qui pourraient en avoir été
« faites par ceux qui, jusqu'à cette époque, auraient exercé
« quelque pouvoir public. »

Voilà le code égoïste et vengeur qu'on proposait en France d'appliquer aux noirs et aux mulâtres. Il est donc incontestable que les Haïtiens avaient droit de prendre des précautions contre les blancs qui, en s'établissant au milieu d'eux, auraient pu favoriser les projets de leurs compatriotes. Il est également incontestable qu'ils ont fait preuve d'une grande tolérance et d'un haut sentiment de justice, en insérant, dans la Constitution de 1806, cette clause, maintenue dans la Constitution révisée de 1816, que tous les blancs fixés antérieurement dans l'île, soit comme commerçants et agriculteurs, soit comme employés civils et militaires, jouiraient des droits de citoyens.

L'article de la Constitution incriminé répondait donc à une nécessité de l'époque. Toute la question est de savoir si aujourd'hui le temps est venu où l'on peut, sans dangers, le rayer de la charte nationale.

Nous n'oserions, quant à nous, nous prononcer d'une manière catégorique, parce que si nous voyons d'un côté le préjudice moral que cause à Haïti le maintien de cet article, nous ne saurions d'autre part nous dissimuler les graves inconvénients qui pourraient naître de sa suppression.

Les noirs n'ont plus, sans doute, ou du moins ils n'ont plus au même degré les défiances qu'ils éprouvaient il y a cinquante ans ; l'esclavage a disparu dans une partie des Antilles et nous savons que la partie éclairée de la nation se rend compte de la différence des temps et des situations ; mais l'ignorance enveloppe encore le peuple de ténèbres profondes. Il est toujours plongé dans ce demi-sommeil de l'intelligence, traversé par les sombres visions et les pénibles souvenirs d'un passé qui compte encore une foule de témoins vivants, et il est permis de se demander si l'abolition de l'article 7 ne serait pas prématurée au milieu d'une population qui n'a pu communier jusqu'à présent avec les idées réparatrices de la civilisation. Il convient même de rappeler à ce sujet que le président Geffrard, à peine arrivé au pouvoir, ayant manifesté l'intention de soumettre aux chambres un projet de loi relatif au mariage des étrangers avec les Haïtiennes, un grand mécontentement se produisit dans le pays, si bien que le chef de l'État dut surseoir à cette réforme utile, qui fut plus tard adoptée par les Communes et par le Sénat (1).

Quelles rumeurs couraient alors parmi le peuple ? On accusait le Président de s'être laissé influencer par les mulâtres, qui voulaient, disait-on, livrer le pays aux étran-

(1) On trouvera dans l'Appendice joint à ce travail, le texte de la nouvelle loi qui règle le mariage entre étrangers et Haïtiens. Le législateur a su, sans violer les clauses de l'article 7, assurer à l'époux étranger et à ses héritiers étrangers, les mêmes droits qu'aux Haïtiens, en réglant pécuniairement leurs intérêts, puisque la propriété foncière leur est interdite.

gers. On pourrait donc craindre le parti que des hommes de désordre s'efforceraient de tirer de ces dispositions populaires, si le gouvernement accordait aux blancs les droits qui leur sont interdits par la Constitution. Les colères et les craintes causées par l'annexion de la République Dominicaine accroîtraient peut-être le danger ; car il se trouve en Haïti des gens qui, peu rassurés vis-à-vis de l'Espagne, tremblent encore de voir la France essayer de rentrer, comme cette puissance, en possession de son ancienne colonie. Faut-il s'en étonner, lorsque cette idée, quelqu'absurde qu'elle soit, a été accueillie dans les colonnes de beaucoup de journaux français et étrangers ?

Si les États confédérés du Sud venaient, avec le concours de l'Angleterre, à sortir vainqueurs de la lutte engagée avec le Nord, d'autres périls menaceraient l'indépendance haïtienne, et on comprend que sous l'empire de préoccupations si sérieuses, le gouvernement maintienne encore l'article 7, de peur d'irriter et d'exaspérer le peuple, de peur aussi de laisser envahir le pays par des aventuriers qui, sous prétexte de se livrer à l'agriculture sur des propriétés légalement acquises, offriraient à l'ennemi un moyen facile d'intervention et serviraient ses intérêts ambitieux. Il ne faut pas oublier que des gens de cette sorte ont précédé à Santo-Domingo le débarquement des troupes espagnoles.

Nous ne saurions donc, dans un tel état de choses, nous associer à ceux qui ne peuvent pardonner au gouvernement de maintenir l'article 7, et nous ne voyons, dans cette résistance aux désirs d'un parti composé d'un petit nombre d'individus, ni obstination aveugle, ni égoïsme. Il nous paraît même de toute évidence, que si les mulâtres, investis, en raison de leur instruction supérieure, des principales fonctions administratives, ne consultaient dans cette question que leurs intérêts particuliers, ils seraient portés à abolir plutôt qu'à conserver la loi restrictive dont il s'agit. Si, en effet, elle devait faire affluer les capitaux, ils en profiteraient plus largement que les noirs, en leur qualité de grands propriétaires de terres aujourd'hui sans valeur ; et si elle avait pour résultat d'attirer dans le pays des blancs par milliers, comme on le suppose, les hommes de couleur, qui ne forment dans la nation qu'une très-faible minorité, se verraient renforcés, d'abord par les nouveau-venus, et ensuite par l'adjonction à leur classe de tous les enfants qui naîtraient de l'union des étrangers avec les Haïtiennes.

Il faut donc admettre que les hommes de couleur placés à la tête des affaires, obéissent à un sentiment plus élevé que celui d'un intérêt de caste, ou d'ambition, ou de fortune ; et c'est un fait qui mérite, à notre avis, d'être pris en sérieuse considération, car il prouve, tout au moins, que le gouvernement n'est dirigé que par sa sollicitude pour le bien du pays.

Est-il certain, d'ailleurs, que l'abrogation de l'article 7 procurerait à Haïti les éléments de prospérité qu'on se plaît à rattacher à cette mesure ? Nous ne voyons pas bien clairement, quant à nous, comment elle pourrait faire affluer dans la République les capitaux européens et l'immigration blanche.

Les immigrants pauvres ne seraient pas tentés, assurément, d'aller s'établir dans l'ancienne colonie française, parce qu'ils n'y trouveraient pas les avantages qui, seuls, peuvent les déterminer à abandonner leur patrie, leur famille et leurs relations d'amitié. Ils cherchent, avant tout, un climat tempéré, approprié à leur constitution physique, comportant les cultures auxquelles ils sont habitués ; ils cherchent des contrées où ils puissent vivre de la vie qui leur est familière, au milieu d'individus de la même race, parlant la même langue ; ils cherchent un pays neuf, où ils aient la perspective d'une fortune rapide, ou un pays florissant par le commerce, où ils trouvent, avec des terres à un bon marché excessif, des voies rapides de transport et l'écoulement assuré des produits de leur industrie, soit à l'intérieur, soit à l'extérieur.

L'histoire de l'émigration nous fournit la confirmation complète de ces vérités. Sur quels points du globe se dirigent les Allemands, les Anglais et les Irlandais, les peuples immigrants par excellence ? Ils se dirigent presque tous vers les États-Unis du Nord, le Canada et l'Australie, qui remplissent merveilleusement les conditions diverses que nous venons d'énumérer, et de là cet axiome de la science économique : que l'émigrant suit l'émigrant.

Tous les Etats de l'Amérique du Sud ont fait et font encore d'infructueux efforts pour attirer l'immigration européenne. Le Brésil, en particulier, s'est imposé de grands sacrifices, a pris toutes les mesures imaginables, concessions de terres, exonération du service militaire, exemption d'impôts, etc., pour tenter les enfants aventureux de notre vieux monde ; quelques milliers d'individus seulement, dans l'espace d'un demi-siècle, ont répondu à cet appel sans cesse renouvelé du gouvernement brésilien. La République d'Haïti serait-elle plus heureuse ? et sur quelles raisons fonderait-elle de pareilles espérances ?

Elle aurait tort de compter sur les Anglais, les Irlandais

et les Allemands ; les Espagnols n'émigrent guère, et ceux d'entre eux qui s'expatrient, se rendront toujours de préférence dans les divers États de l'Amérique latine ou dans l'Afrique française ; les Italiens, attachés au sol natal, ne le quittent qu'en petit nombre et vont se fixer surtout aux bords de la Plata ou en Égypte. Quant aux Français, qui trouveraient en Haïti une sympathie exceptionnelle, la langue maternelle, des mœurs et des institutions modelées sur les leurs, ils ne fournissent à l'immigration qu'un faible contingent, qui se porte sur l'Amérique du Nord, Buenos-Ayres, Monte-Video et l'Algérie, en attendant qu'on leur ouvre la grande île de Madagascar, si riche en produits de toute espèce et si admirablement placée pour les opérations commerciales.

Si le flot de l'émigration ne prend pas la direction d'Haïti, les grands capitalistes tourneront-ils leurs regards vers ses fertiles rivages ? Les capitaux ne se déplacent pour courir si loin que lorsqu'ils sont sollicités par l'appât de bénéfices exceptionnels, et nous ne comprenons pas comment on pourrait, nous parlons du présent et non pas de l'avenir, les déterminer à venir dans un pays, magnifique sans contredit et privilégié par la nature, mais où la main-d'œuvre ne saurait les seconder efficacement. N'est-ce pas ce même obstacle qui s'est opposé, jusqu'à présent, à l'essor qu'on voulait leur imprimer vers la Guyane française et vers l'Algérie, où nous avons pourtant, comme auxiliaires, plusieurs millions d'Arabes et de Berbers ?

Pense-t-on que la présence seule des capitaux suffirait pour attirer des travailleurs européens ? L'erreur serait grande. L'émigration, dont nous avons signalé les tendances et les ambitions, ne traversera jamais les mers afin d'aller chercher sous les tropiques un salaire quotidien que les classes pauvres sont assurées de trouver partout en Europe, où les bras manquent pour les travaux agricoles et ceux de beaucoup d'industries.

Mais, dira-t-on, si les capitaux n'entraînent pas avec eux l'immigration blanche, ils pourront avoir pour auxiliaires des immigrants indiens ou chinois. Ici encore les difficultés sont graves et de plus d'une sorte. D'abord on n'obtient pas les coulis aussi aisément qu'on paraît le croire, en Haïti ; l'exemple de la France et de l'Angleterre le prouve assez, et il faut pour s'en procurer avoir l'adhésion du gouvernement britannique et de la Chine ; nous rappellerons ensuite, ce que nous avons déjà dit, que les Asiatiques ne s'engageraient pas pour les travaux souterrains qu'exigerait l'exploitation des gisements de houille ou des filons métalliques. Quant à l'emploi des coulis à l'agriculture, il aurait plus de chances de réussite ; mais les noirs le verraient-ils de bon œil ? la concurrence ne serait-elle pas dangereuse pour les uns ou pour les autres, à moins que les Asiatiques ne fussent occupés exclusivement aux travaux intérieurs des sucreries ? le gouvernement lui-même n'aurait-il rien à redouter de l'agglomération de plusieurs milliers de salariés, placés sous les ordres de quelques étrangers disposant de capitaux considérables ?

Une dernière question nous reste à examiner : on réclame pour les étrangers le droit de devenir citoyens Haïtiens, et l'on voit, dans cette mesure, un moyen d'accroître la population fixe. Il faudrait savoir, auparavant, si la race européenne peut s'acclimater en Haïti. Nous allons citer, à ce sujet, l'opinion de quelques écrivains très-compétents en ces matières.

Il est constaté, suivant le docteur Boudin, médecin en chef de l'hôpital militaire de Vincennes, « qu'on trouve à peine aux Antilles la troisième génération d'une famille européenne. » Aux Antilles, dit le docteur Rochoux, qui avait habité longtemps la Guadeloupe, « on ne pourrait pas citer peut-être dix exemples de créoles à la troisième génération de père et de mère, sans croisement avec du sang européen. »

M. Ramon de la Sagra, qui connaît si bien l'île de Cuba, a écrit que la population blanche de cette île ne s'entretient que par un croisement incessant avec de nouveaux immigrants.

L'homme blanc, dit à son tour le docteur Laure, médecin en chef de la marine, dans un ouvrage publié il y a deux ans, « l'homme blanc vit à peine aux colonies. Sans le secours des noirs, il ne pourra jamais cultiver un sol vierge ; sa constitution s'y refuse. Même acclimaté, il vieillit avant l'âge ; il a perdu la force et l'énergie ; il a perdu l'aptitude au travail. »

Sous ces chaudes latitudes, les décès parmi les blancs l'emportent constamment sur les naissances ; ainsi la Martinique, où l'on comptait 14,969 blancs en 1738, n'en avait plus que 12,069 en 1769 et que 8,000 il y a quelques années. Les tableaux statistiques publiés à Paris, par le ministre des Colonies, formulent dans les chiffres suivants, le mouvement de la population de 1852 à 1856 :

	NAISSANCES.	DÉCÈS.
Guadeloupe . . .	20,095	20,675
Guyane.	2,333	2,830

La population blanche n'était pas plus favorisée en Haïti, comme on le voit par l'extrait suivant des registres des baptêmes et enterrements de la paroisse de Cul-de-Sac, depuis le 1er janvier 1750 jusqu'au 1er janvier 1764 :

	BLANCS.	MULATRES.
Baptêmes	184	221
Décès	239	135

Quelque choquant qu'il paraisse, l'article 7 ne cause donc pas à la République les préjudices qu'on lui attribue. Il sera forcément rayé de la charte constitutionnelle lorsque l'abolition complète de l'esclavage dans les Antilles et sur le continent américain aura fait disparaître les dangers dont Haïti pourrait être encore menacée, et lorsque les citoyens intelligents, au lieu de se diviser en factions stériles, joindront leurs efforts à ceux du gouvernement pour transformer les noirs au moyen de l'instruction publique.

En attendant mieux, il importait de donner aux étrangers qui veulent se livrer au commerce ou à l'industrie, toutes les garanties compatibles avec ce malheureux article 7; car Haïti, loin de chercher à s'isoler, veut se mettre en relations aussi étroites que possible avec les nations civilisées. La loi et les mœurs ont fait beaucoup déjà.

L'article de la constitution de 1816, qui interdisait aux blancs d'être employés par l'État, est tombé en désuétude, et beaucoup de blancs, presque tous Français, sont employés et salariés par le gouvernement dans les diverses branches de l'administration et particulièrement dans l'instruction publique.

Si les blancs ne peuvent être ni citoyens ni propriétaires de biens fonciers, le Code civil leur permet d'être usufruitiers à temps de toute espèce d'immeubles (art. 479, 587, 740) ; ils peuvent être locataires ou fermiers : ils ont action devant les tribunaux pour obligations contractées envers eux par les Haïtiens, soit en Haïti, soit à l'étranger (art. 17) ; il leur est permis de fonder des établissements de commerce et de toute autre industrie, avec une licence du chef de l'État et en se conformant aux lois du pays, et cette licence leur confère le droit de résidence ; ils peuvent voyager et séjourner à leur gré dans toute l'étendue de la République ; la Constitution enfin garantit la sécurité de leurs personnes et de leurs biens, et déclare le droit d'asile sacré et inviolable.

Une sécurité complète est par conséquent assurée aux capitaux étrangers, et si le droit de propriété leur est interdit, ils en jouissent néanmoins, au moyen de bails périodiquement renouvelés, ou sous le nom des Haïtiennes qu'ils ont épousées.

CHAPITRE VIII

Les noirs et les jaunes. — Ce qu'Haïti doit aux hommes de couleur. — Caractère et tendances des chefs noirs. — La direction doit rester aux mulâtres; c'est la garantie de l'avenir. — Les *Gérontophages*. — L'immigration noire. — Conséquences probables de la guerre américaine. — Nouveau morcellement de la propriété.

La République d'Haïti est habitée par des noirs et des mulâtres. Ces derniers, bien qu'ils ne forment qu'une petite minorité, 50 à 60,000, sur une population de 7 à 800,000 âmes, ont été presque toujours investis des fonctions les plus importantes. Des voix se sont élevées, même en Europe, pour protester contre le privilége nécessaire des hommes de couleur; on a crié à l'oligarchie; on a voulu faire retomber sur la classe à peau jaune la responsabilité de tout le mal qui a pu se faire dans le pays; on l'a accusée d'avoir enrayé la marche progressive de la race noire, comme si l'organisation sociale tout entière, constitution, codes, administration civile et militaire, n'était pas l'œuvre des mulâtres; comme si on ne devait pas à leur intelligence et à leur patriotisme ce triple bienfait d'avoir mis fin aux guerres civiles, d'avoir créé l'unité nationale, d'avoir assuré par la propriété la liberté des noirs et l'indépendance du pays ! Mais la passion n'écoute rien et le préjugé défie la raison. Ecoutez un écrivain français, M. Victor Schœlcher, qui visita Haïti en 1841 et en revint sans avoir appris à connaître les tendances, le caractère et les éléments constitutifs de ce peuple.

« Ayez donc, s'écriait-il, vous, hommes jaunes, le courage d'abandonner les rênes, puisqu'il vous est impossible de conduire le char. Songez que vous ne pourrez jamais rien faire de bien, et que toute action énergique que vous voudriez exercer pour relever le peuple noir avili, serait considérée par lui comme un acte d'oppression de l'aristocratie mulâtre et le mènerait à la révolte.

« Tant que le gouvernement normal d'Haïti, un gouvernement de la majorité, c'est-à-dire un gouvernement noir, ne sera pas établi, la République vivra d'une vie précaire, fausse, misérable et sourdement inquiète. Laissez venir un nègre, et tout change de face. »

Jamais conseil plus fatal n'avait été donné aux Haïtiens par un ami plus dévoué. On a pu en juger peu d'années après la publication du livre dont nous venons de citer un passage. Le gouvernement des noirs est venu, et nous avons vu Soulouque à l'œuvre ! Nous savons quel régime abrutissant il a fait peser sur son pays et quelles fautes il a laissé à réparer au président Geffrard. Apreté au gain, dilapidations ruineuses, insouciance du progrès, abandon de l'instruction publique, la corruption érigée en système, la délation soudoyée, le caprice et l'arbitraire substitués à la loi, le fétichisme sur le trône et, paradant sur le tout, une mascarade nobiliaire qu'on aurait cru imaginée pour livrer Haïti à la risée des peuples; tel fut ce prétendu gouvernement de la majorité, idéal de l'abolitionniste fasciné par ses rêves.

L'expérience a été longue et cruelle, et les Haïtiens ne doivent pas être désireux de la recommencer. Ils ont une histoire, qu'ils l'étudient; qu'ils sachent profiter de l'expérience acquise, qu'ils comparent les régimes divers qui se sont succédé chez eux, et ils seront obligés d'avouer que le gouvernement des hommes de couleur a été pour eux infiniment plus doux, plus bienveillant et plus avantageux que celui des chefs noirs. Les présidents mulâtres, Pétion, Boyer, Rivière-Hérard, Geffrard, n'ont pas fait marcher les noirs à coups de bâton, comme Toussaint-Louverture; ils ne les ont pas tyrannisés comme Dessalines, Christophe et Soulouque; on ne les a pas vus échanger le fauteuil présidentiel contre un trône. Fidèles à leur mandat, ils se sont, au contraire, tous appliqués à diriger le pays dans les voies constitutionnelles; ils ont pu commettre des fautes, mais ils ont respecté les institutions nationales et se sont systématiquement tenus dans la légalité.

Ce simple parallèle en dit plus que tous les raisonnements. Une différence si caractéristique et si tranchée, provient à la fois de la race et de la culture intellectuelle des noirs et des jaunes. Deux ou même trois faits saillants dominent l'histoire de tous les chefs africains : un instinct aveugle de despotisme généralement empreint de cruauté ; un penchant irrésistible à imiter les autocrates les plus fameux et un besoin immodéré de luxe, de faste et de clinquant. Qu'on lise toutes les relations des voyageurs qui ont étudié les mœurs des populations soudaniennes ou qu'on étudie les annales haïtiennes, et l'on verra que ces trois observations sont l'expression exacte d'une vérité sujette à de très-rares exceptions. La civilisation adoucira ces tendances mauvaises; l'éducation, en éclairant les noirs, les transformera peu à peu dans les limites encore inconnues de leur aptitude au développement social et politique. Nous n'en doutons pas, quant à nous.

Nous devons même, pour rendre à chacun la justice qu'il mérite, rappeler que tous les chefs noirs ne se sont pas montrés des despotes comme Toussaint-Louverture, Dessalines, Christophe et Soulouque. Après la révolution qui renversa, en 1843, le président Boyer, après la courte halte au pouvoir de Rivière-Hérard, trois noirs, Guerrier, Pierrot et Riché occupèrent tour à tour le fauteuil présidentiel de 1844 à 1847. Ces trois chefs, nous le constatons avec empressement, pour l'honneur de la race africaine, comprirent qu'au-dessus de l'autorité souveraine, il y a une autorité plus élevée encore et plus inviolable, la loi. Ils ne cherchèrent pas à rehausser leur dignité en se couvrant d'une pompe impériale ou royale que le peuple avait enterrée avec Dessalines et Christophe. Riché même, voulant donner aux Haïtiens de justes garanties, s'empressa de rétablir la Constitution de 1816, qui, révisée par le Sénat, est encore en vigueur. Mais il ne faut pas oublier que ces trois hommes, pénétrés des vrais sentiments de la liberté, étaient d'anciens affranchis, qui avaient pris les armes en même temps que les mulâtres et avaient combattu pour la sainte cause de l'indépendance.

Il faut tout attendre, nous le répétons, du développement de l'instruction; elle émancipera la nation tout entière et multipliera le nombre des hommes capables de présider aux destinées de la République ; mais la marche du progrès est toujours lente, et l'œuvre de régénération ne s'accomplira que sous la direction éclairée, patiente, opiniâtre, d'une population mieux douée et pénétrée de tous les principes de la civilisation européenne ; car les noirs, race passive entre toutes, ont besoin d'être continuellement stimulés. Abandonnés à eux-mêmes, ils resteraient éternellement stationnaires ; n'en voyons-nous pas la preuve dans leur insouciance pour l'instruction, dans leur indifférence profonde pour les travaux intellectuels et les hautes spéculations scientifiques ou économiques ? Nous avons donné un aperçu rapide de la littérature haïtienne ; cette littérature appartient exclusivement aux hommes de couleur ; le génie du noir est encore irrévélé.

Ce n'est pas pour flatter les Haïtiens que nous avons pris la plume, mais pour les défendre contre des accusations injustes et pour leur dire des vérités utiles. Ils ont fait des pas en avant, depuis l'organisation donnée au pays par Alexandre Pétion ; leurs détracteurs élèvent en vain la voix ; si la culture de la canne s'est maintenue pour la production du sirop et du tafia ; si de 35 millions de livres de cafés exportés, on est arrivé à 60 millions ; si de 15 millions de livres de campêche, on est parvenu à en exploiter 104 millions ; si la culture renaissante du coton a produit l'année dernière 2,500,000 livres ; si l'instruction publique, la justice et les cultes ont été largement réorganisés, n'est-ce pas la preuve éclatante d'un mouvement ascensionnel très-sérieux ; mais à qui la nation est-elle redevable de ces bienfaits, si ce n'est au gouvernement des hommes de couleur ?

Nous le dirons donc avec une entière conviction ; les

mulâtres sont, quant à présent, les conducteurs nécessaires de la société haïtienne; ils représentent le progrès au milieu d'elle; ils sont l'incarnation du génie européen infusé dans le sang des populations africaines, et ceux-là tromperaient la race noire et la pousseraient à sa ruine, qui voudraient lui persuader qu'elle peut se passer d'eux et se gouverner désormais par elle-même. C'est aux hommes de couleur qu'il appartient de rapprocher leurs frères noirs de la civilisation, et de rendre à Haïti, par la liberté, la haute fortune dont elle fut dotée autrefois par l'esclavage. Il ne s'agit pas ici de vaines hypothèses, mais d'une loi providentielle éclatante comme le soleil des Antilles.

Est-ce à dire que les mulâtres seuls ont droit de remplir les fonctions publiques? Rien n'est plus loin de notre pensée. Nous croyons, au contraire, qu'il est juste, qu'il est indispensable, de confier des emplois à tous les noirs qui sont en mesure de les remplir d'une manière convenable; et les chefs mulâtres l'ont de tout temps compris. Sous Boyer et sous le président Geffrard comme sous Pétion, les noirs instruits et intelligents ont été appelés aux plus hautes dignités; ils ont siégé en majorité dans les Chambres et dans les tribunaux; ils ont occupé les grades les plus élevés de l'armée; ils ont fait partie du conseil des ministres. Tout ce que nous demandons, dans l'intérêt général de la nation, c'est que la direction soit confiée aux plus capables, qui, dans l'état actuel de la société, sont incontestablement les hommes de couleur.

Noirs et jaunes, soyez donc unis, comme il convient à des hommes nés de la même mère, co-partageants dans le même héritage, et solidaires à tel point qu'on ne saurait léser les intérêts des uns sans mettre en péril les intérêts des autres. Les divisions intestines sont plus fatales à Haïti qu'à aucune autre nation du monde. Celles qui ont éclaté jusqu'à ce jour ont ralenti la marche du pays, et si les noirs ne sont pas, à cet égard, exempts de reproches, les mulâtres, nous ne craignons pas de le proclamer, ont assumé dans les révolutions la responsabilité la plus lourde. Les jaunes se montrent, en général, trop pressés d'arriver ; leur pétulance tend au désordre, et beaucoup ont en eux-mêmes une confiance exagérée, qui leur fait trop souvent oublier ce que le peuple a droit d'attendre encore de la sagesse, de la capacité, de l'expérience consommée des hommes qu'ils voudraient évincer de positions conquises par un long dévouement à la chose publique et par d'éminents services.

Voudra-t-on le croire en Europe ? De jeunes hommes, impatients des honneurs et du pouvoir, vont prêchant et écrivant dans leurs journaux qu'il faut se débarrasser à tout prix des fonctionnaires qui dépassent la quarantaine. Un impitoyable ostracisme doit frapper et éloigner des affaires tout citoyen qui a le malheur d'avoir quarante ans révolus : il y va du salut et de l'avenir de la République ! Courage, jeunes gens ! Courage, enfants présomptueux ! Vous êtes sur la bonne route ! Permettez toutefois à un vieillard, qui naguère a franchi le terme fatal formulé par le nombre 40, de dérouler devant vous une page peu connue de l'histoire, et de vous proposer de nouveaux modèles à suivre.

Oui, les vieillards de quarante ans et au-dessus sont un lourd fardeau pour l'humanité ! Ils paralysent le développement social ; ils infusent dans le sein des nations la mort qui déjà est en eux; vous avez raison; il faut aviser; le salut du peuple est la loi suprême. Mais défiez-vous, au nom du ciel, des compromis et des demi-mesures; il faut cautériser la plaie jusq'uà l'os; il faut couper le mal dans sa racine. Apprenez donc les lois et les usages qu'avaient adoptés, dans le but que vous poursuivez vous-mêmes, des peuples trop méconnus, trop oubliés, et indignement calomniés par les vieillards qui, profitant de leurs usurpations séculaires, se sont appliqués en tous pays, à fausser et à pervertir les plus claires et les plus saines notions de la morale et du bon sens.

Savez-vous comment agissaient envers les vieillards, certaines tribus de l'Amérique? Quand l'heure de la justice avait sonné, les Indiens transportaient les *gérontes* dans la forêt, les attachaient solidement à deux arbres au moyen d'une grosse corde qui leur permettait de faire quelques pas en avant et en arrière, mettaient à côté d'eux de l'eau et des vivres pour quatre jours et rentraient ensuite dans leurs maisons. Les insulaires de Socotora et ceux de la Corse avaient trouvé un moyen plus expéditif; ils empoisonnaient les vieux ou les étranglaient le plus doucement possible. Les Troglodytes les précipitaient du haut des rochers dans la mer, parce que c'est, disaient-ils, un crime capital de s'obstiner à vivre dès qu'on ne peut plus contribuer au bien public. Quelques peuples, comme vous pourrez le voir dans le livre de Boëmus *(mores gentium)*, portaient les vieillards au marché et les vendaient aux fins gourmets qui faisaient leurs délices de la viande humaine; d'autres, attentifs à concilier leurs devoirs de citoyens avec les sentiments les plus délicats de la piété filiale, mangeaient leurs parents lorsqu'ils avaient atteint le terme fixé. Tels étaient les Massagètes, peuple sage par excellence, et si sage, que les vieillards eux-mêmes ordonnaient les apprêts du festin dont leur corps devait faire les frais, et désignaient la chair qu'il leur plaisait de voir hachée et mélangée avec la leur, chair de mouton ou de cheval, de loup ou de sanglier.

Nous pourrions allonger du double ou du triple cette nomenclature instructive ; mais nous en avons dit assez pour indiquer la règle, la vraie règle de conduite qu'il faut d'urgence adopter pour mettre un terme aux empiétements dangereux et aux usurpations intolérables des *gérontes*. C'est ainsi qu'Haïti deviendra dans les Antilles un phare pour le monde ; c'est ainsi qu'elle jettera les fondements d'un droit qui ne permettra plus à l'aristocratie anglaise de placer à la tête du gouvernement de stupides sexagénaires tels que lord John Russell, et des idiots septuagénaires comme lord Palmerston ; d'un droit qui interdira désormais aux républicains de l'Amérique de porter à la présidence un homme de quarante-cinq ans comme Lincoln, qui pousse, ô scandale ! l'aberration jusqu'à rêver l'émancipation des esclaves, jusqu'à reconnaître l'indépendance d'Haïti, jusqu'à proposer au Congrès d'accréditer un ministre à Port-au-Prince !

Pardonnez-moi, jeunes gens d'Haïti, d'avoir exagéré vos folles prétentions pour mieux les combattre, et d'avoir réfuté par l'absurde vos propres raisonnements pour vous en faire mieux sentir l'incohérence et le ridicule. Je suis un ami de votre pays, et vous me feriez trembler pour son avenir si j'avais une foi moins profonde dans les desseins de la Providence, qui n'a pas fait, par un pur caprice, monter vos pères de l'esclavage à la liberté et de la servitude à l'indépendance.

Patience ! patience ! nos jours sont comptés ; ne poussez pas, d'un doigt imprudent et coupable, l'aiguille qui tourne autour du cadran. Sa marche est calculée ; le temps saura bien, quand il faudra, sonner l'heure de la retraite pour vos pères et pour vous-mêmes. En attendant, jeunes et vieux, marchez d'accord ; unissez, pour hâter la régénération de votre patrie, l'expérience qui modère des élans souvent irréfléchis ou dangereux, et l'activité ardente qui stimule les calculs parfois trop lents de la sagesse attentive à éviter les obstacles. Vous devez au président Geffrard le plus précieux des biens, la liberté, après laquelle vous soupiriez depuis douze ans ; usez-en ; n'en abusez pas !

Les hommes bien intentionnés, les vrais patriotes, s'ils comprennent leurs devoirs et l'intérêt de leur pays, se grouperont autour du président Geffrard, dont le gouvernement intelligent et honnête ne cherche qu'à développer toutes les ressources et toutes les forces de la nation, en la faisant marcher dans les voies de la liberté constitutionnelle. Dans quelques années, l'État, libéré de ses engagements financiers envers la France, pourra consacrer trois ou quatre millions de plus, chaque année, aux améliorations de toute espèce ; il faut se préparer, dès maintenant, à retirer de cette situation tous les avantages qu'on doit en attendre, et le premier écueil à éviter est celui des révolutions perturbatrices.

A cette époque, l'agriculture aura fait de nouveaux progrès, et la population se sera probablement accrue d'une masse d'émigrants, apportant les uns des capitaux, et les autres les secrets d'une industrie perfectionnée. Nous voulons parler des noirs et des mulâtres de l'Amérique.

Personne n'ignore quel triste sort, quelle vie d'humiliations, ont été réservés jusqu'ici, dans les États-Unis du Nord et du Sud, aux hommes libres appartenant de près ou de loin à la race africaine. Les Haïtiens ont tendu depuis longtemps leurs bras à ces frères malheureux. Le président Boyer avait fait, en 1824 et en 1825, des démarches pour les attirer sur le territoire de la République. Quelques-uns seulement répondirent à cet appel; car ceux d'entre eux qui voulaient chercher une nouvelle patrie, trouvaient ou croyaient trouver plus d'avantages du côté de la Société américaine de colonisation, qui les transportait et les établissait à ses frais sur la côte occidentale de l'Afrique, où elle avait fondé pour eux, en 1821, la petite République de Libéria (1).

Soulouque, cédant à de bons conseils, reprit le projet conçu par Boyer; mais le choix des agents auxquels il avait confié la tâche délicate d'attirer les noirs libres en Haïti n'était pas de nature à encourager l'émigration. Elle fut très-restreinte; le président Geffrard est parvenu depuis à l'activer, et le succès obtenu permet d'espérer de grands résultats dans un temps rapproché. En 1859, on avait reçu deux convois d'immigrants formant un nombre total de trois cents. L'année suivante, les Chambres votèrent une loi, en vertu de laquelle le gouvernement doit faire aux noirs et aux mulâtres qui viennent s'établir dans

(1) Ce petit État, s'est peu à peu développé sous l'influence d'une constitution libérale constamment respectée. Sa population totale est d'environ cent vingt-cinq mille habitants, dont vingt-cinq mille sont des affranchis qui ont seuls le titre de citoyens.

la République, des concessions de terre d'après des règles déterminées. Au mois de mars 1861, l'immigration avait fourni déjà douze cents individus (1), dont plus des deux tiers se sont établis comme agriculteurs dans le département de l'Artibonite. Ils venaient tous des États-Unis ou du Canada, sauf une centaine environ, provenant des Antilles, surtout de Curaçao. Ces derniers, impropres aux travaux agricoles, sont restés à Port-au-Prince ; mais le gouvernement n'a pas encouragé cette branche de l'immigration, qui ne répond pas aux besoins du pays (2).

Une année exceptionnellement mauvaise a malheureusement contrarié et détruit, en partie, les travaux auxquels les immigrants s'étaient livrés avec ardeur sur les terres concédées. Des pluies extraordinaires sont tombées, et les eaux de l'Artibonite, inondant au loin la plaine, ont fait de grands ravages. Le gouvernement est venu en aide aux cultivateurs atteints par ce désastre, et l'année 1862, qui n'apportera pas les mêmes fléaux, permettra aux immigrants de réparer leurs pertes.

Une autre tâche incombe au gouvernement. Si le vol à main armée et avec effraction est un crime poesque inconnu en Haïti, et particulièrement dans les campagnes, il se trouve parmi les populations rurales un nombre assez considérable d'individus qui ne se font pas scrupule de

(1) Elle dépassait deux mille en janvier 1862.

(2) Des faits analogues se passèrent en 1824-1825. Les immigrants noirs des États-Unis étaient, pour la plupart, des gens de métier ou sans métiers qui ne pouvaient qu'être à charge au pays. L'Algérie a été de même envahie, en 1853, par une foule d'immigrants des villes, bijoutiers, coiffeurs, mécaniciens, etc. Ces malheureux se rebutèrent bientôt et, dès l'année suivante, vingt-deux mille deux cent quinze, sur un nombre total de trente-un mille vingt, quittaient la colonie pour rentrer en France.

marauder sur les propriétés voisines, d'enlever des légumes, des cannes, du café, des volailles. Les immigrants ont été, nous assure-t-on, victimes de fréquents délits de ce genre, ce qui aurait découragé beaucoup d'entre eux. Il importe de mettre un terme à ce maraudage, et nous ne doutons pas que la police rurale ne parvienne, sinon à l'empêcher tout à fait, chose qu'on n'a pu obtenir même en France, du moins à le restreindre de manière à ce que les vols, aujourd'hui nombreux, n'apparaissent plus que comme des cas exceptionnels.

Les nouveau-venus parlent, pour la plupart, la langue anglaise et professent la religion protestante. Ils ont demandé à être réunis dans les mêmes localités. Cette exigence est fâcheuse à plus d'un titre; elle prive les cultivateurs haïtiens de l'exemple des bonnes méthodes agricoles que les noirs américains leur auraient donné en se dispersant dans toutes les communes, et empêche ceux d'entre eux qui ne possèdent pas assez de capitaux pour travailler fructueusement à leur compte, de cultiver à moitié les terres des propriétaires, incultes faute de bras. Cette agglomération d'individus qui ne sont pas encore pénétrés de l'esprit de la nation, pourrait même présenter, au point de vue de la politique, certains inconvénients dont l'autorité s'est préoccupée sans doute. Mais les noirs sont très-communicatifs, et une fusion complète ne saurait manquer d'avoir lieu entre les immigrants et l'ancienne population.

L'immigration ne s'arrêtera pas là; elle paraît destinée, au contraire, à acquérir de très-grandes proportions. L'esclavage, il faut l'espérer, ne tardera pas à être aboli dans l'Amérique du Nord, et une foule de noirs et de mulâtres, devenus maîtres de leur sort, s'empresseront de quitter les

États-Unis, où les préjugés de couleur survivront longtemps à l'esclavage, pour aller jouir en Haïti de tous les droits d'hommes libres et de citoyens. On peut même soupçonner que cette pensée a préoccupé déjà le président Lincoln, qui, dans son récent message, a prononcé des paroles éminemment favorables à la race noire, et au fond desquelles on entrevoyait de grands projets pour l'avenir.

En admettant même, ce qui devient plus improbable de jour en jour, que l'institution de l'esclavage puisse être maintenue après la guerre acharnée que se font le Nord et le Sud, il est certain, du moins, que cette collision terrible fera monter à la liberté plusieurs centaines de milliers d'esclaves; or, Haïti profitera nécessairement de cette émancipation, et s'enrichira d'une population familiarisée avec toutes les cultures et tous les arts qui sont pratiqués en Amérique.

La guerre civile qui règne aux États-Unis nous montre donc, dans un prochain avenir, les ressources de la République s'accroissant d'une manière inespérée, son commerce prenant une extension plus vaste, et le progrès suivant une marche ascendante, sous l'énergique impulsion d'une classe mulâtre devenue plus nombreuse. Voilà une perspective plus sérieuse, à notre avis, que celle de l'immigration blanche qu'on voudrait provoquer par l'abolition de l'art. 7. Quant à ceux qui attendent des immigrants, quels qu'ils soient, des bras mercenaires, des ouvriers disposés à travailler au prix d'un salaire sur les terres d'autrui ou dans des établissements industriels, nous les engageons à ne pas se bercer d'espérances trop chimériques.

Partout où les noirs ont été émancipés, on les a vus rechercher avec ardeur la propriété; ils veulent avoir un champ à eux pour jouir de la liberté dans toute sa plénitude, et l'immigration noire ne fera que compléter, en Haïti, le morcellement du sol. Un seul moyen restera, et nous ne saurions dire s'il sera jamais employé, pour corriger cette extrême division de la terre; c'est la libre association des travailleurs se réunissant, hommes et capitaux, pour une exploitation commune, à la fois agricole et industrielle. Si Haïti parvenait à réaliser ce grand problème, elle aurait conclu avec l'avenir un pacte divin.

FIN

CONSTITUTIONS D'HAÏTI

Le but de ce travail étant de faire connaître en France, avec une rigoureuse impartialité, l'état actuel de la République d'Haïti, nous croyons qu'après avoir exposé sa situation agricole, commerciale, industrielle, financière et politique, il ne sera pas inutile de mettre sous les yeux des lecteurs le texte de la Constitution qui la régit. C'est un document d'une importance capitale pour les personnes qui voudront étudier à fond les besoins, les idées et les tendances de ce peuple, et nous le reproduisons d'autant plus volontiers, qu'il n'a été publié, à notre connaissance, dans aucun livre français.

On a souvent comparé la vie d'un peuple à celle d'un individu : cette comparaison ne manque pas d'une certaine exactitude. Un peuple est composé, comme chaque être isolé, d'une multitude de parties, de membres et d'organes, soumis à une même loi, et dont l'union constitue une véritable individualité, distinguée par des caractères qui lui sont propres. La vie, pour tous deux, résulte de l'harmonie de ces parties, et, dans l'un comme dans l'autre, on appelle *Constitution* l'ensemble des forces et des lois par lesquelles le corps existe, se conserve et se développe. On a, par extension, donné le nom de Constitution aux principes et aux règles qui déterminent les pouvoirs publics et les droits politiques des citoyens.

La Constitution d'un peuple, pour être bonne, doit remplir deux conditions principales. Il faut, d'abord, qu'elle soit en rapport intime avec la nature, les mœurs, les besoins actuels de la nation et avec les circonstances particulières dans lesquelles elle se trouve ; il faut ensuite que, sans cesser d'être positive et formelle, elle soit assez élastique pour ne pas gêner le développement progressif de la société, ou, en d'autres termes, qu'elle fixe le présent sans faire obstacle à l'avenir, qu'elle établisse un ordre stable sans immobiliser l'activité nationale.

A ces différents points de vue, la rédaction d'une Constitution présentait en Haïti des difficultés nombreuses.

Organiser une société pour des hommes qui, naguère, étaient exclus de la vie sociale ; régler la liberté pour un peuple qui ne l'avait jamais connue ; conférer les droits de citoyens à des esclaves récemment émancipés ; assimiler dans la même unité nationale une masse profondément ignorante et une minorité intelligente, éclairée, initiée à tous les secrets de la civilisation ; réaliser la fusion de deux classes dont les intérêts étaient, il est vrai, solidaires, et qui appartenaient par leurs mères à la même race, mais qui se rattachaient par leurs pères à deux races hostiles ; tel était le problème à résoudre. Il se trouvait posé pour la première fois depuis le commencement du monde, et de sa solution dépendait l'existence d'une nation destinée à devenir en Amérique le point de départ d'une civilisation nouvelle.

C'était à Pétion qu'était réservé l'honneur de présider à cette œuvre de réparation, de conciliation, de progrès et d'avenir ; disons mieux, c'était à lui qu'il était donné de l'accomplir.

On peut porter jusqu'à huit le nombre des Constitutions qui ont été rédigées en Haïti (1). La première, celle du 28 mai 1790, décrétée par l'assemblée générale de Saint-Marc, était l'œuvre des colons qui, profitant de la révolution, voulaient, tout en reconnaissant la suprématie de la France, se rendre administrativement indépendants.

La seconde, publiée en 1801, avait été conçue dans le même but. Toussaint-Louverture, subissant l'influence des colons, avait rétabli l'ancien régime colonial, sauf l'esclavage, qu'il avait remplacé par le travail forcé sur les habitations des blancs. Pour compléter et perpétuer cette coupable restauration, il convoqua le 6 février 1801 une assemblée centrale, qui se réunit à Port-au-Prince le 22 mars.

Elle était composée de dix membres désignés par Toussaint-Louverture, qui les avait ensuite, pour la forme, soumis à l'élection des députés des départements. Trois d'entre eux étaient mulâtres ; les sept autres appartenaient à la race blanche. Ils terminèrent le 9 mai leur Constitution, et la portèrent à Toussaint, qui se trouvait alors au Cap. Le chef noir, d'accord avec les colons, en ordonna

(1) 1° La Constitution du 28 mai 1790 ; 2° celle de 1801 ; 3° celle de 1805 ; 4° celle qui fut adoptée en 1806 par l'Assemblée constituante de Port-au-Prince ; 5° celle qui fut publiée la même année par Christophe ; 6° celle de 1816 ; 7° celle de 1843 ; 8° celle de 1846. Il est vrai que les deux premières appartiennent au régime colonial, et que celles de 1816 et de 1846 ne sont que des révisions de celle de 1806.

l'application immédiate. Il devait, il est vrai, la proposer à la sanction du gouvernement français ; car il était formellement déclaré dans cet acte que Saint-Domingue et les îles adjacentes faisaient « partie de l'Empire français ; » mais il ne voulait soumettre à la métropole que l'approbation d'un fait accompli pour lui forcer la main, et il n'y était pas moins intéressé que les colons, car il s'était fait nommer, par cette Constitution même, gouverneur-général à vie de la colonie de Saint-Domingue.

Ce plan, comme on sait, ne réussit pas, bien qu'il fût de l'intérêt de la France de l'approuver pour utiliser à son profit l'influence de Toussaint-Louverture. La Constitution de 1801 n'était d'ailleurs qu'un long et artificieux mensonge ; elle parlait de liberté en rivant les fers de l'esclavage, et donnait la juste mesure du génie tant vanté de Toussaint-Louverture. Cet homme avait si peu compris la portée de l'insurrection noire et mulâtre, qu'il allait, dans l'article 17, jusqu'à décréter le rétablissement de la traite.

Passons à la Constitution de 1805.

Dessalines, fondateur de l'indépendance, s'était fait nommer Empereur le 8 octobre 1804. Le 20 mai de l'année suivante, il publia, en sa qualité d'autocrate, dont la volonté n'admet ni conseils ni contrôle, un rudiment de constitution qu'il essaya de rendre plus respectable en déclarant, contrairement à la vérité, qu'il l'avait rédigée de concert avec les généraux, légalement constitués par le peuple pour lui servir d'organe et d'interprètes.

Aux termes de cette Constitution, le peuple se formait en État souverain sous le nom d'*Empire d'Haïti*. L'égalité devant la loi était reconnue ; la propriété était inviolable, il était dit que « nul n'est digne d'être Haïtien, s'il n'est bon père, bon fils, bon époux et surtout bon soldat ; » tout citoyen devait posséder un art mécanique ; les blancs ne pouvaient être ni citoyens, ni propriétaires, sauf ceux qui, se trouvant déjà dans le pays, avaient obtenu la naturalisation ; toutes les propriétés des anciens colons étaient confisquées au profit de l'État ; les Haïtiens, sans exception de couleur, ne devaient être désignés désormais que sous la dénomination générique de *Noirs*. Six écoles publiques étaient décrétées pour l'instruction de la jeunesse. L'Empire d'Haïti, comprenant l'île entière et les petites îles adjacentes, était déclaré un et indivisible. L'Empereur, « premier magistrat du gouvernement, » chef suprême de l'armée, qualifié de Majesté, devenait sacré et inviolable, ainsi que l'Impératrice ; mais la couronne était élective et non héréditaire, avec cette clause que l'Empereur lui-même désignait son successeur.

Sa Majesté, comme on voit, se faisait la part belle ; mais immédiatement après venait une clause, si extraordinaire, si inattendue de la part d'un autocrate, que nous ne pouvons nous dispenser de la citer intégralement. Dessalines consacrait le principe de la révolution constitutionnelle :

« Ni l'Empereur, dit-il, ni aucun de ses successeurs, ne doit avoir un corps privilégié à titre de garde d'honneur ou sous toute autre dénomination.

« Tout *successeur* qui s'écartera de cette disposition ou de la marche que lui aura tracée l'Empereur régnant (le successeur pouvait être choisi du vivant de l'Empereur), ou des principes consacrés par la Constitution, sera considéré et déclaré en état de guerre contre la société. En conséquence, les conseillers d'Etat (les généraux) s'assembleront pour prononcer sa destitution et pourvoir à son remplacement par celui d'entre eux qui sera jugé le plus digne; et s'il arrivait qu'un tel successeur voulût s'opposer à son remplacement, les généraux feront un appel au peuple et à l'armée qui devront leur prêter main-forte et assistance pour maintenir la liberté. »

Dessalines, nous n'en doutons pas, parlait de l'abondance de son cœur; malheureusement il n'était pas homme à respecter les principes qu'il avait posés lui-même. Il ne le prouva que trop souvent, bien qu'il eût juré « de les maintenir et de les faire observer dans leur intégrité jusqu'au dernier soupir de sa vie. » Mais poursuivons l'analyse de la Charte impériale.

L'Empereur s'arrogeait le droit de faire publier et promulguer les lois; de nommer et de révoquer à son gré les ministres, le général en chef de l'armée, les conseillers d'État, les généraux, qu'il déclare ailleurs *membres-nés* du conseil d'État, les officiers et tous les fonctionnaires publics, sans excepter les juges. A lui seul appartenaient la direction des recettes et des dépenses, le droit de faire la paix ou la guerre, de contracter des traités, de nommer et de présider le conseil spécial chargé de juger les crimes de haute trahison commis par les ministres et les généraux.

En matière de culte et d'état-civil, voici les dispositions de la constitution de Dessalines :

« La loi n'admet pas de religion dominante. La liberté des cultes est tolérée. L'État ne pourvoit à l'entretien d'aucun culte et d'aucun ministre.

« Le mariage est un acte purement civil *autorisé* par le gouvernement. La loi autorise le divorce dans les cas prévus. Une loi particulière sera rendue concernant les enfants nés hors mariage. »

Dessalines instituait des fêtes nationales pour célébrer l'indépendance, une fête de l'agriculture et une fête de la Constitution. — Il terminait sa charte impériale par une prescription caractéristique et d'un patriotisme sauvage, qui répondait aux craintes, alors générales, d'une nouvelle invasion française. « Au premier coup de canon d'alarme, — y était-il dit, — les villes disparaissent et la nation est debout! »

On trouve dans cette singulière Constitution, un mélange étonnant de patriotisme, de sentimentalisme, d'orgueil et de volontés tyranniques qui caractérisaient le chef noir. C'est pour cette raison que nous l'avons analysée et que nous en avons donné des extraits textuels.

Après la mort tragique de Dessalines, qui eut lieu le 17 octobre 1806, Henri Christophe fut proclamé chef provisoire du gouvernement; mais la révolte contre Dessalines avait pour but le triomphe de la liberté et les révolutionnaires imposèrent à Christophe l'obligation de doter le pays d'une constitution nouvelle, plus conforme que celle de 1805 aux droits du peuple et à la dignité nationale.

Le 3 novembre 1806, Christophe adressa aux généraux une lettre qui ordonnait la formation d'une Assemblée Constituante, et fixait les élections au 20 du même mois. Il fit communiquer à Pétion ses vues sur l'autorité qu'il convenait d'attribuer au chef de l'État, c'est-à-dire sur les priviléges qu'il comptait se réserver à lui-même. Il visait au pouvoir absolu, et la Constitution qu'il se proposait de faire adopter par l'Assemblée Constituante, se serait rapprochée, en beaucoup de points, de celle de Dessalines. Pétion, au contraire, voulait asseoir la liberté sur une base solide, et il ne dissimula pas les sentiments généreux dont il était animé : c'est véritablement de cette époque que date la rivalité de ces deux chefs, dont l'un voulait le pouvoir pour le pouvoir, tandis que l'autre n'aspirait à dominer que pour couronner, par de sages institutions et des lois libérales, l'œuvre glorieuse de l'indépendance.

Christophe avait fait préparer par Rouanez un projet de constitution ; Pétion en avait élaboré un autre, et subordonnant la sincérité des élections au grand but qu'il poursuivait, il multiplia le nombre des députés de l'Ouest et du Sud qui devaient voter avec lui, et parvint de la sorte à s'assurer la majorité. L'Assemblée se réunit le 18 décembre à Port-au-Prince, et Pétion, élu président du comité chargé de discuter la Constitution, lui fit adopter son projet, qui fut présenté le 27 à l'Assemblée et voté séance tenante. Vingt-cinq députés du Nord et de l'Artibonite, obéissant à la crainte que leur inspirait Christophe plutôt qu'à leurs propres convictions, signèrent une protestation qui se perdit au milieu de l'enthousiasme immense manifesté par toute la population de Port-au-Prince.

Pétion avait dit à l'Assemblée, en lui donnant lecture du rapport que Blanchet aîné avait rédigé au nom du comité de Constitution : « Pour rendre une révolution utile, il faut, après s'être fait justice d'un tyran, frapper encore sur la tyrannie et lui ôter tous les moyens de se reproduire. » La Constitution que les représentants du peuple avaient adoptée sous son influence, répondait à cet exposé de principes en inaugurant le régime républicain.

Elle institua un corps législatif unique, le Sénat, composé de vingt-quatre membres, et l'investit de la plupart des hautes attributions du pouvoir exécutif (1). Cette précau-

(1) La Constitution accordait au Sénat le droit de déclarer la guerre, de

tion avait été jugée indispensable, parce qu'on sentait la nécessité d'opposer un contre-poids puissant aux instincts despotiques de H. Christophe, qui avait été désigné pour remplir les fonctions de président de la République, et que l'Assemblée élut en effet, pour quatre ans, aux termes du pacte social.

Cette constitution, basée en grande partie sur celle de l'an III (1795), qui créa le Directoire, comprenait treize titres dont nous allons résumer succinctement les dispositions les plus caractéristiques.

Aucun blanc ne peut être propriétaire en Haïti; mais ceux qui exercent des fonctions civiles ou qui sont admis dans la République à la publication de la présente Constitution, sont reconnus Haïtiens.

La République d'Haïti comprend l'île entière et les îles adjacentes.

La religion catholique étant professée par tous les Haïtiens est proclamée religion de l'État; mais tout autre culte est admis, pourvu que ses adhérents se conforment aux lois.

Le mariage est déclaré une institution civile et religieuse; il doit être protégé (Dessalines avait dit *toléré*), parce qu'il tend à la pureté des mœurs. La loi doit fixer le sort des

former, d'entretenir et de réglementer l'armée; de pourvoir à la sûreté publique; d'entretenir les relations extérieures; de faire tous les traités de paix, d'alliance et de commerce; de nommer tous les fonctionnaires civils et militaires, excepté les commissaires près les tribunaux; de disposer pour sa sûreté des forces qui sont, de son consentement, dans le département où il tient ses séances; de défendre au pouvoir exécutif d'y faire passer ou séjourner aucun corps de troupes, sans l'autorisation expresse du Sénat. Les membres du Sénat, nommés d'abord par la Constituante, devaient être nommés ensuite par le Sénat lui-même, pour neuf ans, sur des listes de candidats présentées par les collèges électoraux des départements.

enfants nés hors du mariage, de manière à encourager et à fortifier les liens de la famille.

Port-au-Prince, en raison de sa position centrale, est choisi pour être le siége du Sénat, et par conséquent du gouvernement.

C'est au Sénat qu'il appartient de nommer, pour quatre ans, le président de la République. Si ce président ne prête pas serment à la Constitution, dans un délai de quinze jours, à compter du jour de son élection, il est censé avoir refusé et on procède à une nouvelle élection.

Le président de la République peut faire des proclamations; il commande les forces de terre et de mer; il décerne des mandats d'arrêt contre les conspirateurs, mais les renvoie, dans le délai de deux jours, par devant les magistrats chargés de poursuivre. Il peut proposer au Sénat des mesures, mais non des projets rédigés en forme de loi. Il est sujet à être *mandé* par devant le Sénat en cas de flagrant délit d'un crime, ou pour faits de trahisons, de dilapidations, de manœuvres pour renverser la Constitution et d'attentat contre la sûreté intérieure de la République.

Il était stipulé, enfin, que la Constitution pouvait être révisée.

Cette clause était non-seulement naturelle, mais forcée, car la Constitution du 27 décembre 1806, renfermait, on a pu en juger par l'analyse précédente, un grand nombre de dispositions essentiellement transitoires, destinées à protéger les libertés publiques contre l'arbitraire de Christophe.

Henri Christophe sentit le coup que venaient de lui porter Pétion et l'Assemblée. Il avait trop d'orgueil pour n'être qu'un simple président constitutionnel, et au lieu de se rendre à Port-au-Prince pour prêter serment, il marcha sur cette ville à la tête d'une armée. Mais le sort des armes ne lui fut pas favorable; il dut se résigner à étaler son faste royal et à circonscrire son despotisme dans le Nord et dans l'Artibonite, tandis que Pétion, nommé Président de la République, administrait le reste du pays.

Une grande divergence de vues se manifesta bientôt entre Pétion lui-même et le Sénat qui néanmoins, le réélut en 1811 et en 1815, après chaque période de quatre ans. Les clauses qui avaient pour but de tenir le chef de l'État en charte privée n'avaient plus de raison d'être, depuis que Christophe avait renoncé à la présidence, et on demandait de toutes parts la révision de la Constitution, qu'il fallait mettre en harmonie avec l'ordre légal établi par Pétion. L'Assemblée chargée de la révision se réunit au Grand-Goave, le 1er mars 1816, et termina son œuvre le 2 juin suivant.

La nouvelle Constitution, au lieu de limiter à quatre années le mandat du chef de l'État, l'investissait du pouvoir pendant toute sa vie. Elle créait une Chambre des représentants des Communes, qui partageait le pouvoir législatif avec le Sénat et le Président de la République.

Des priviléges beaucoup plus étendus étaient réservés au Président d'Haïti. Il proposait toutes les lois, excepté celles relatives à l'impôt; la Chambre des Communes les décrétait et le Sénat les sanctionnait; il nommait tous les fonctionnaires civils et militaires; il déclarait la guerre et faisait des traités, sous réserve de la sanction du Sénat; il pourvoyait à toutes les vacances du Sénat, en envoyant à ce corps une liste de trois candidats parmi lesquels les représentants en choisissent un au scrutin secret; il avait enfin, comme Toussaint-Louverture, Dessalines et Christophe, le droit de désigner son successeur. Il devait consigner son choix dans une lettre autographe cachetée, adressée au Sénat, qui la déposait dans une cassette à deux clés, dont l'une restait entre les mains du chef de l'État, qui pouvait retirer la lettre ou la remplacer, et dont l'autre était confiée au président du Sénat. A la mort du Président, le Sénat ouvrait la caisse et avait le droit de rejeter le candidat proposé. Cette mesure avait été adoptée pour prévenir tout désordre et écarter autant que possible les ambitions qui pouvaient troubler le pays, mais elle était contraire au principe républicain.

Constitué gardien de la Constitution, le Sénat siégeait en permanence. Il correspondait directement avec le chef de l'État, pour tout ce qui concerne la haute administration, les traités, la guerre, etc.; pouvait examiner la gestion de tous les hauts fonctionnaires et décréter leur culpabilité, sans excepter le Président de la République, qu'il ne pouvait néanmoins appeler, en aucun cas, dans son sein, pour rendre compte de son administration. Ces attributions étaient excessives, ce qui fit dire à Pétion « qu'il fallait rendre la Constitution exécutable pour qu'elle fût exécutée. »

Tous les fonctionnaires, comme on vient de le voir, étaient personnellement responsables. L'île entière était déclarée territoire de la République ; l'exclusion des blancs était maintenue avec les restrictions déjà connues ; tous les biens des anciens colons, aliénés par l'État, étaient garantis aux acquéreurs ou concessionnaires, et l'organisation d'une instruction publique gratuite était ordonnée.

Telle était, en substance, la Constitution de 1816. Si nous l'examinions dans ses détails, nous pourrions y signaler des clauses sinon contradictoires, du moins obscures et susceptibles d'interprétations diverses capables d'amener de graves conflits d'attributions ; mais elle n'en réalisait pas moins un grand progrès sur le passé.

Sous l'influence de cette Charte, et grâce à l'intelligente direction politique de Pétion et de Boyer, son successeur, la République triompha de tous les obstacles. Elle vainquit Christophe, reprit le Nord et l'Artibonite, réunit l'île entière sous le même gouvernement, fit sanctionner par la France l'indépendance d'Haïti, et s'honora aux yeux du monde en reconnaissant la légitimité de l'indemnité que le cabinet des Tuileries réclamait en faveur des colons dépossédés.

Après vingt-cinq ans d'une administration pacifique, le Président Boyer fut renversé le 13 mars 1843 par une opposition née dans la Chambre des Communes. Le parti qui s'était levé contre lui, lui reprochait de s'endormir dans une sorte de quiétisme politique et de ne pas se servir, dans l'intérêt du pays, du droit que lui conférait la Constitution, de présenter à la Chambre des projets de loi. Il y avait quelque chose de fondé, sans doute, dans ces accusations.

Boyer manquait d'initiative ; mais les révolutionnaires s'exagéraient singulièrement les torts du Président et la valeur de leurs propres théories. Ils ne tardèrent pas à en faire la cruelle expérience. La nation en supporta malheureusement les déplorables conséquences, dont la première fut la scission de l'ancienne colonie espagnole ; elle devint la *République dominicaine*, rivale et ennemie de la République d'Haïti, pour retourner ensuite à la couronne d'Espagne : événement malheureux et inquiétant pour l'avenir dont il faut chercher la cause première dans la révolution de 1843.

Charles Hérard Rivière, chef de ce mouvement, fut porté à la présidence et le pays reçut une nouvelle Constitution le 30 décembre 1843. Cette Constitution conserva la Chambre des Communes et le Sénat en donnant à ces deux corps des attributions à peu près égales. Le chef de l'État ne fut plus le *président d'Haïti*, mais le *président de la République haïtienne*; la durée de ses pouvoirs fut limitée à quatre ans, comme dans la Constitution de 1806 et ses attributions furent amoindries. Les fonctions de la magistrature devaient être soumises à l'élection populaire; des *préfets* devaient tenir lieu des chefs militaires, chargés de commander les arrondissements; les conseils des notables étaient remplacés dans les communes par des *municipalités* et les directeurs de ces conseils par des *maires.*

Les nouveaux législateurs n'avaient tenu compte ni des traditions du pays, ni de l'expérience acquise, ni des grandes vues politiques de Pétion. Leur Constitution n'était pas faite pour les Haïtiens; cet enfant qu'ils avaient si longtemps caressé avant sa naissance et au nom duquel ils avaient opéré une révolution, n'était pas né viable : aussi Charles Hérard Rivière, essaya-t-il, à l'aide du pouvoir militaire, de renverser cette constitution le jour même où il lui prêta serment. Il soutenait, et avec raison, qu'elle n'était pas exécutable; mais c'était se mettre en contradiction avec lui-même, et il perdit, sur le champ, tout son prestige, qui d'ailleurs n'était pas soutenu par un talent à la hauteur de la position qu'il avait ambitionnée.

Toute l'île fut ébranlée ; la partie espagnole, comme nous l'avons dit, se déclara indépendante ; des insurrections éclatèrent dans les départements du Nord et du Sud, et Charles Hérard tomba après avoir exercé pendant quatre mois la présidence. On ne put sortir qu'au moyen de la dictature de la situation déplorable créée par la révolution de 1843, et Philippe Guerrier fut élevé au pouvoir avec le titre de Président. Il institua un *Conseil d'État* chargé de préparer les lois proposées par le gouvernement et de nommer le Président de la République en cas de mort ou de démission du chef régnant. Le Conseil d'État ne tarda pas à exercer la plus exceptionnelle de ses attributions ; Guerrier mourut, et on choisit pour lui succéder Pierrot, qui lui-même fut renversé par une révolution. Jean-Baptiste Riché, élevé à la présidence et éclairé par les tristes expériences qu'on venait de faire depuis deux ans, comprit la nécessité de rentrer dans l'ancienne légalité pour ramener la paix, l'ordre et la stabilité. Il rétablit la Constitution de 1816, en la soumettant à une révision destinée à la mettre en complète harmonie avec les besoins nouveaux du pays. Il chargea de cette mission, les conseillers d'État nommés par ses deux prédécesseurs, auxquels il conféra le titre de *Conseillers d'État sénateurs*. Il rétablissait ainsi le Sénat, qui continua d'élaborer les lois proposées par le gouvernement.

Le Sénat, d'accord avec le gouvernement, qui s'était fait représenter auprès de lui par quatre ministres, accomplit son œuvre dans une laborieuse session. La Constitution ainsi révisée, fut décrétée le 15 novembre 1846 : c'est celle qui est encore en vigueur. Nous en reproduisons le texte ci-après ; il serait par conséquent inutile d'en donner une analyse. Nous dirons seulement qu'on y a consigné les principales dispositions de celle de 1816, en les rédigeant avec plus de clarté et qu'on en a adopté d'autres tirées de la Constitution de 1843. La Constitution révisée de 1846 a eu pourtant ses vicissitudes.

Elle éprouva des remaniements sous le gouvernement de Soulouque, à la suite des troubles civils qui eurent lieu en 1848 ; mais elle reçut des altérations bien autrement graves, lorsque Soulouque eut rétabli le trône impérial de Dessalines. Ce tyran, tout en la violant, en la déchirant et en la foulant aux pieds, se fit une sorte de point d'honneur d'en conserver tout ce qui n'était pas incompatible avec ses hautes fantaisies, son génie despotique et son caractère ombrageux. Le Président Geffrard a eu l'honneur de rétablir du même coup la Constitution et la République.

Profitant néanmoins des sages dispositions des articles 186, 187 et 188, qui autorisent les changements devenus nécessaires, le gouvernement actuel a opéré dans la la Charte haïtienne des modifications reconnues indispensables : nous les reproduisons à la suite du texte de la Constitution. En les introduisant dans le régime de la République, le gouvernement du président Geffrard a justifié ces paroles d'un puissant souverain : « Une Constitution doit être l'œuvre du temps et non celle d'un homme. »

LIBERTÉ **RÉPUBLIQUE D'HAITI** ÉGALITÉ

ADRESSE DU SÉNAT

AUX CITOYENS DE LA RÉPUBLIQUE.

CONCITOYENS,

Des événements, dont vous avez gardé le douloureux souvenir, amenèrent dans le pays le règne de la dictature. Un homme se trouva, au fort de nos discordes intérieures, qui s'émut des malheurs de la Patrie et accepta le fardeau d'un pouvoir illimité pour sauver la société menacée. Cet homme, de touchante, de vénérable mémoire, ce fut Philippe GUERRIER. A sa voix, les partis déposèrent les armes, les factions se turent et la famille haïtienne put entrevoir un avenir meilleur. Le repos à peine rendu un moment à la société, il comprit, dans son admirable bon sens, qu'il ne pouvait garder à lui seul l'exercice du pouvoir extraordinaire dont l'investissaient les circonstances et la volonté de ses concitoyens. L'établissement d'un Corps qui partageât avec lui la puissance législative lui parut une œuvre d'opportunité, de sagesse politique. Sous les auspices de son grand nom s'institua le CONSEIL D'ÉTAT.

Enlevé bientôt à notre amour, à notre reconnaissance, il ne lui fut pas donné d'affermir son œuvre sur les bases qu'il venait de poser.

Passant à d'autres mains, la dictature empira les maux du

pays, enhardit les factions, et jeta de nouveau l'alarme dans la société.

Une révolution devint inévitable. — Connu depuis longtemps par son énergie, par son esprit d'ordre, le général Riché personnifiait alors tous les vœux, toutes les espérances. C'était l'homme de la situation. Comme Philippe Guerrier, les circonstances le désignaient pour conjurer le nouvel orage qui menaçait la société : aussi c'est en son nom que s'inaugura au 1er mars le salutaire mouvement qui rallia les sympathies de tous les vrais patriotes. Élevé, aux acclamations générales, à la première magistrature, l'occasion lui fut offerte de réaliser sa pensée dominante, celle de ramener le pays dans les voies constitutionnelles, de le replacer sous la sauve-garde des institutions représentatives. Il résolut, de lui-même, de remettre en vigueur la constitution de 1816, vers laquelle il inclinait pour de puissants motifs : c'était l'œuvre d'Alexandre Pétion, du fondateur de la République ; elle avait donné vingt-cinq années de paix au pays ; elle avait réuni successivement sous son égide toutes les parties du territoire haïtien. Mais le rétablissement de cette Constitution devait être nécessairement lié à la consécration d'idées nouvelles, nées de nos débats politiques, manifestant des progrès réels et acceptés par les esprits judicieux du pays. Ce fut à cette tendance de l'opinion publique qu'il rendit hommage, en réservant, jusqu'à des jours plus propices, la révision du pacte de 1816, et en maintenant provisoirement la forme législative établie par Guerrier. Luttant contre les partis encore debout, attaquant face à face les passions désorganisatrices, bientôt il désarma la résistance et la réduisit à une impuissance complète. Autour de son Gouvernement énergique et national se rallièrent tous les esprits égarés ; l'ordre triompha enfin de l'anarchie.

Haïtiens, huit mois se sont à peine écoulés; constatez les grands résultats qui signalent et recommandent l'administration actuelle du pays : la pacification du sud opérée par le triple concours de la force, d'une sage politique et d'une rare magnanimité ; la confiance, la sécurité renaissant partout ; les finances en voie d'améliorations sous l'empire des réformes hardies qui s'exécutent; des institutions nouvelles établies pour relever le crédit du pays, enfin l'adoption de mesures progressives, bienfaisantes, que réclamaient la justice et l'humanité.

Impatient de réparer de plus en plus les désastres de la patrie, d'affermir la stabilité de la République sur des bases fortes et durables, le président Riché a voulu couronner ses importants travaux par la promulgation d'un pacte qui consacre à jamais les garanties civiles et politiques de ses concitoyens. S'associant à cette pensée libérale, patriotique, appréciant d'ailleurs la gravité des circonstances actuelles, le Sénat n'a pas dû s'arrêter devant une question de forme. Sans hésiter, il a adopté celle qui, en s'accordant avec les vœux pressants du chef de l'État, mettait la nation en possession immédiate de la Constitution, sans agitation, sans secousse, sans appréhensions. Haïtiens, c'est cette constitution que le sénat livre et recommande aujourd'hui à votre patriotisme. Résultat des plus mûres délibérations, résumé des idées et des besoins de notre époque, elle aura toutes vos sympathies, car elle nous délivre des dangers de l'instabilité, et nous place dans des conditions politiques plus sûres, plus positives.

Elle comble le gouffre de l'anarchie par l'organisation des grands pouvoirs de l'État; elle institue un gouvernement assez fort pour protéger la société ; gouvernement basé sur un principe de stabilité et qui réunit toutes les conditions nécessaires pour amener la prospérité générale.

En vue de préserver de toute atteinte les précieux résultats que le pays a obtenus, et de garantir un nouvel appui à la politique qui s'attache à restaurer l'ordre public, elle a dû consacrer, pour la formation de la première Chambre à venir, un mode que justifie pleinement la force des circonstances.

Elle offre aux étrangers qui entretiennent des relations avec notre pays les garanties que présente une organisation fixe et déterminée.

Enfin elle consacre une forme de révision simple et facile, à l'aide de laquelle s'opéreront, sans secousse dans l'avenir, les améliorations qu'indiquera l'expérience.

Haïtiens! le Sénat, qui s'honore d'avoir concouru au grand

acte qu'il vous annonce aujourd'hui, est heureux de recommander à votre affection le digne chef à qui en appartient la principale gloire. Restaurateur de l'ordre et de la tranquillité, il a poursuivi avec une volonté persévérante l'accomplissement de cette promesse solennelle du 1er mars. En présence de nos institutions relevées, resserrons-nous autour de ce grand citoyen, et déposant toute haine, tout sentiment de discorde, unissons nos vœux et nos efforts pour la prospérité de notre chère patrie.

Vive la liberté ! vive l'égalité ! vive l'union ! vive la Constitution ! vive le Président d'Haïti !

Maison Nationale, au Port-au-Prince, le 14 novembre 1846, an 43e de l'Indépendance d'Haïti.

D. Labonté, Pierre André, A. Elie, Maximilien Zamor, Covin aîné, B. Ardouin, Bance, J. Paul, P. F. Toussaint, Bouchereau, Joseph Georges, N. Paret, Lapointe, Paul, Corvoisier, Gaudin, François Balmir, Philippeaux fils, Jean-Bart, François Capoix, Gonzalve Latortue, Prophète, Jh. François, Joseph Courtois.

V. Plésance, *Vice-Président.*

D. Delva, Salomon jeune, *Secrétaires.*

LIBERTÉ RÉPUBLIQUE D'HAITI ÉGALITÉ

CONSTITUTION

DE

LA RÉPUBLIQUE D'HAITI

Le peuple haïtien proclame, en présence de l'Être suprême, la présente Constitution de la République d'Haïti, pour consacrer à jamais ses droits, ses garanties civiles et politiques, sa souveraineté et son indépendance nationale.

TITRE PREMIER

Du Territoire de la République.

Article premier. — L'île d'Haïti et les îles adjacentes qui en dépendent forment le territoire de la République.

Art. 2. — Le territoire de la République est divisé en départements.

Leurs limites seront établies par la loi.

Art. 3. — Chaque département est subdivisé en arrondissements, chaque arrondissement en communes.

Le nombre et les limites de ces subdivisions seront également déterminés par la loi.

Art. 4. — La République d'Haïti est une et indivisible, essentiellement libre, souveraine et indépendante.

Son territoire est inviolable, et ne peut être aliéné par aucun traité.

TITRE II

Des Haïtiens et de leurs Droits.

SECTION PREMIÈRE.

Des Haïtiens.

Art. 5. — Sont Haïtiens, tous individus nés en Haïti et descendant d'Africains ou d'Indiens, et tous ceux nés en pays étranger d'un Haïtien ou d'une Haïtienne. Sont également Haïtiens tous ceux qui, jusqu'à ce jour, ont été reconnus en cette qualité.

Art. 6. — Tout Africain ou Indien et leurs descendants sont habiles à devenir Haïtiens.

La loi règle les formalités de la naturalisation.

Art. 7. — Aucun blanc, quelle que soit sa nation, ne pourra mettre le pied sur le territoire Haïtien, à titre de maître ou de propriétaire, et ne pourra, à l'avenir, y acquérir aucun immeuble ni la qualité d'Haïtien.

SECTION II.

Des Droits civils et politiques.

Art. 8. — Il ne peut exister d'esclaves sur le territoire de la République : l'esclavage y est à jamais aboli.

Art. 9. — Toute dette contractée pour acquisition d'hommes est éteinte pour toujours.

Art. 10. — Le droit d'asile est sacré et inviolable dans la République, sauf les cas d'exception prévus par la loi.

Art. 11. — La réunion des droits civils et des droits politiques constitue la qualité de citoyen. L'exercice des droits civils est indépendant de l'exercice des droits politiques.

Art. 12. — L'exercice des droits civils est réglé par la loi.

Art. 13. — Tout citoyen, âgé de vingt-un ans accomplis, exerce les droits politiques, s'il réunit, d'ailleurs, les autres conditions déterminées par la Constitution.

Néanmoins les Haïtiens naturalisés ne sont admis à cet exercice qu'après une année de résidence dans la République.

Art. 14. — L'exercice des droits politiques se perd : 1° par la naturalisation acquise en pays étranger ; 2° par l'abandon de la patrie, au moment d'un danger imminent; 3° par l'acceptation non autorisée de fonctions publiques, ou de pensions conférées par un gouvernement étranger ; 4° par tout service, non autorisé, soit dans les troupes, soit à bord des bâtiments de guerre d'une puissance étrangère ; 5° par tout établissement fait en pays étranger, sans esprit de retour. Les établissements de Commerce ne pourront jamais être considérés comme ayant été faits sans esprit de retour ; 6° par la condamnation contradictoire et définitive à des peines perpétuelles, à la fois afflictives et infamantes.

Art. 15. — L'exercice des droits politiques est suspendu : 1° par l'état de domestique à gages ; 2° par l'état de banqueroutier simple ou frauduleux ; 3° par l'état d'interdiction judiciaire, d'accusation ou de contumace ; 4° par suite de condamnation judiciaire emportant la suspension des droits civils ; 5° par suite d'un jugement constatant le refus du service dans la garde nationale.

La suspension cesse avec les causes qui y ont donné lieu.

Art. 16. — L'exercice des droits politiques ne peut se perdre ni être suspendu que dans les cas exprimés aux articles précédents.

Art. 17. — La loi règle les cas où l'on peut recouvrer les droits politiques, le mode et les conditions à remplir à cet effet.

SECTION III.

Du Droit public.

Art. 18. — Les Haïtiens sont égaux devant la loi.

Ils sont tous également admissibles aux emplois civils et militaires.

Art. 19. — Il n'y a dans l'État aucune distinction d'ordres, aucune distinction de naissance, aucune hérédité de pouvoirs.

Art. 20. — La liberté individuelle est garantie.

Nul ne peut être arrêté ou détenu que dans les cas déterminés par la loi, et selon le mode qu'elle a établi.

Art. 21. — Pour que l'acte qui ordonne l'arrestation d'une personne puisse être exécuté, il faut : 1° qu'il exprime formellement le motif de l'arrestation et la loi en exécution de laquelle elle est ordonnée ; 2° qu'il émane d'un fonctionnaire à qui la loi ait donné formellement ce pouvoir ; 3° qu'il soit notifié à la personne arrêtée, et qu'il lui en soit laissé copie.

Toute arrestation faite hors des cas prévus par la loi et sans les formes qu'elle prescrit, toutes violences ou rigueurs employées dans l'exécution d'un mandat, sont des actes arbitraires auxquels chacun a le droit de résister.

Art. 22. — Nul ne peut être distrait des juges que la Constitution ou la loi lui assigne.

Art. 23. — La maison de toute personne habitant le territoire haïtien est un asile inviolable.

Aucune visite domiciliaire, aucune saisie de papiers ne peut avoir lieu qu'en vertu de la loi et dans la forme qu'elle prescrit.

Art. 24. — Aucune loi ne peut avoir d'effet rétroactif.

Art. 25. — Nulle peine ne peut être établie que par la loi, ni appliquée que dans les cas qu'elle a déterminés.

Art. 26. — La Constitution garantit l'inviolabilité des propriétés.

Art. 27. — La Constitution garantit également l'aliénation des domaines nationaux, ainsi que les concessions accordées par le gouvernement, soit comme gratification nationale ou autrement.

Art. 28. — Nul ne peut être privé de sa propriété que pour cause d'utilité publique, dans les cas et de la manière établis par la loi et moyennant une juste et préalable indemnité.

Art. 29. — La peine de la confiscation des biens ne peut être établie.

Art. 30. — Tout citoyen doit ses services à la patrie et au maintien de la liberté, de l'égalité et de la propriété, toutes les fois que la loi l'appelle à les défendre.

Art. 31. — La peine de mort sera restreinte à certains cas que la loi déterminera.

Art. 32. — Chacun a le droit d'exprimer ses opinions en toute matière, d'écrire, d'imprimer et de publier ses pensées.

Les écrits ne peuvent être soumis à aucune censure avant leurs publications.

Les abus de l'usage de ce droit sont définis et réprimés par la loi, sans qu'il puisse être porté atteinte à la liberté de la presse.

Art. 33. — Tous les cultes sont également libres.

Chacun a le droit de professer sa religion et d'exercer librement son culte, pourvu qu'il ne trouble pas l'ordre public.

Art. 34. — L'établissement d'une église ou d'un temple et l'exercice public d'un culte peuvent être réglés par la loi.

Art. 35. — Les ministres de la religion catholique, apostolique et romaine, professée par la majorité des Haïtiens, reçoivent un traitement fixé par la loi ; ils seront spécialement protégés.

Le gouvernement détermine l'étendue de la circonscription territoriale des paroisses qu'ils desservent.

Art. 36. — L'enseignement est libre, et des écoles sont distribuées graduellement, à raison de la population.

Art. 37. — Le jury est établi en toutes matières criminelles : sa décision n'est soumise à aucun recours.

Art. 38. — Les Haïtiens ont le droit de s'associer ; ce droit ne peut être soumis à aucune mesure préventive, sans préjudice, néanmoins, du droit qu'a l'autorité publique de surveiller et de poursuivre toute association dont le but serait contraire à l'ordre public.

Art. 39. — Le droit de pétition est exercé personnellement par un ou plusieurs individus, jamais au nom d'un corps.

Les pétitions peuvent être adressées soit au pouvoir exécutif, soit à chacune des deux Chambres législatives.

Art. 40. — Le secret des lettres est inviolable.

La loi détermine quels sont les agents responsables de la violation du secret des lettres confiées à la poste.

ART. 41. — L'emploi des langues usitées en Haïti est facultatif; il ne peut être réglé que par la loi, et seulement pour les actes de l'autorité publique et pour les affaires judiciaires.

ART. 42. — Les dettes publiques contractées soit à l'intérieur, soit à l'extérieur, sont garanties. La Constitution les place sous la sauvegarde et la loyauté de la nation.

TITRE III.

De la Souveraineté et de l'Exercice des pouvoirs qui en dérivent.

ART. 43. — La souveraineté nationale réside dans l'universalité des citoyens.

ART. 44. — L'exercice de cette souveraineté est délégué à trois pouvoirs.

Ces trois pouvoirs sont : le pouvoir législatif, le pouvoir exécutif et le pouvoir judiciaire.

ART. 45. — Chaque pouvoir est indépendant des deux autres dans ses attributions, qu'il exerce séparément.

Aucun d'eux ne peut les déléguer, ni sortir des limites qui lui sont fixées. La responsabilité est attachée à chacun des actes des trois pouvoirs.

ART. 46. — La puissance législative s'exerce collectivement par le Chef du pouvoir exécutif et par deux Chambres représentatives : la Chambre des représentants et le Sénat.

ART. 47. — La puissance exécutive est déléguée à un citoyen, qui prend le titre de Président d'Haïti.

ART. 48. — La puissance judiciaire est exercée par un tribunal de cassation et d'autres tribunaux civils.

ART. 49. — La responsabilité individuelle est formellement attachée à toutes fonctions publiques.

Une loi réglera le mode à suivre dans le cas de poursuites contre les fonctionnaires publics pour fait de leur administration.

CHAPITRE PREMIER.

Du Pouvoir Législatif.

SECTION PREMIÈRE.

De la Chambre des Représentants.

Art. 50. — La Chambre des représentants se compose de représentants des arrondissements de la République.

Le nombre des représentants sera fixé par la loi.

Chaque arrondissement aura au moins deux représentants.

Art. 51. — Jusqu'à ce que la loi ait fixé le nombre de représentants à élire par les arrondissements ce nombre est réglé ainsi qu'il suit :

Cinq pour l'arrondissement du Port-au-Prince; trois pour chacun des arrondissements des chefs-lieux de départements et pour ceux de Jacmel et de Jérémie, et deux pour chacun des autres arrondissements de la République.

Art. 52. — Les représentants sont élus ainsi qu'il suit :

Tous les cinq ans, du 10 au 20 janvier, les assemblées primaires des communes se réunissent, conformément à la loi électorale, et élisent chacune trois électeurs.

Art. 53. — Du 1er au 10 février, les électeurs des communes de chaque arrondissement se réunissent au chef-lieu et forment un collége électoral.

Le collége nomme, au scrutin secret et à la majorité absolue des suffrages, le nombre des représentants que doit fournir l'arrondissement.

Il nomme autant de suppléants que de représentants.

Art. 54. — Ces suppléants, par ordre de nomination, remplacent les représentants de l'arrondissement, en cas de mort, démission, déchéance, ou dans le cas prévu par l'art. 60.

Art. 55. — La moitié au moins des représentants et des suppléants sera choisie parmi des citoyens qui ont leur domicile politique dans l'arrondissement.

Art. 56. — Pour être élu représentant ou suppléant, il faut : 1° être âgé de vingt-cinq ans accomplis; 2° jouir des droits civils et politiques; 3° être propriétaire d'immeuble en Haïti.

Art. 57. — L'Haïtien naturalisé devra, en outre des conditions prescrites par l'article précédent, justifier d'une résidence de trois années dans la République, pour être élu représentant ou suppléant.

Art. 58. — Les fonctions de représentant sont incompatibles avec toutes fonctions de l'administration des finances.

Un représentant qui exerce à la fois une autre fonction salariée par l'État ne peut cumuler deux indemnités durant la session; il doit opter entre les deux.

Art. 59. — Les membres des tribunaux civils, les officiers du ministère public près ces tribunaux ne pourront point être élus représentants dans le ressort du tribunal auquel ils appartiennent.

Les membres du tribunal de cassation, les officiers du ministère public près ce tribunal ne pourront point être élus représentants dans le ressort du tribunal civil du Port-au-Prince.

Les commandants d'arrondissement et leurs adjoints, les commandants de communes et les adjudants de place ne pourront point être élus représentants dans l'étendue de leur arrondissement.

Art. 60. — Tout représentant qui accepte, durant son mandat, une fonction salariée par l'État, autre que celle qu'il occupait avant son élection, cesse dès lors de faire partie de la Chambre.

Art. 61. — Les représentants sont élus pour cinq ans.

Leur renouvellement se fait intégralement.

Ils sont indéfiniment rééligibles.

Art. 62. — Pendant la durée de la session législative, chaque représentant reçoit du Trésor public une indemnité de deux cents gourdes par mois.

Il lui est, en outre, alloué une gourde par lieue, pour frais de route, de sa commune au siége de la Chambre.

SECTION II.

Du Sénat.

Art. 63. — Le Sénat se compose de trente-six membres.

Leurs fonctions durent neuf ans.

Art. 64. — Les sénateurs sont élus par la Chambre des représentants, sur la proposition du Président d'Haïti, ainsi qu'il suit :

A la session qui précède l'époque du remplacement des sénateurs, le Président d'Haïti forme une liste générale de trois candidats pour chaque sénateur à élire, qu'il adresse à la Chambre. Ces candidats sont pris dans la généralité des citoyens.

Art. 65. — La Chambre des représentants élit, parmi les candidats proposés sur la liste générale, un nombre de sénateurs égal à celui des sénateurs à remplacer.

Cette élection se fait au scrutin secret et à la majorité absolue des suffrages.

Art. 66. — La Chambre des représentants adresse au Sénat les procès-verbaux constatant la nomination des sénateurs, et informe en même temps le Président d'Haïti de cette nomination.

Art. 67. — Le Sénat instruit les sénateurs élus de leur nomination et les invite à venir prêter serment. Cette formalité remplie, le Sénat en informe le président d'Haïti.

Dans les cas de mort, démission, déchéance, etc., le Sénat informe également le président d'Haïti et la Chambre des représentants des remplacements à opérer dans son sein.

Art. 68. — Dans aucun cas, les représentants en fonction ne pourront faire partie des listes adressées par le président d'Haïti à la Chambre.

Art. 69. — Pour être élu sénateur, il faut :

1° Être âgé de trente ans accomplis ;

2° Jouir des droits civils et politiques ;

3° Être propriétaire d'immeuble en Haïti.

Art. 70. — L'Haïtien naturalisé devra, en outre des conditions prescrites par l'article précédent, justifier d'une résidence de quatre années dans la République pour être élu sénateur.

Art. 71. — Les fonctions de sénateur sont incompatibles avec toutes autres fonctions publiques, excepté celles de secrétaire d'État et celles d'agent de la République à l'étranger.

Néanmoins, un militaire peut être nommé sénateur ; s'il accepte la charge, il cesse d'exercer toutes fonctions militaires, et doit opter entre l'indemnité de sénateur et celle de son grade.

Art. 72. — Tout sénateur qui accepte, durant son mandat, la fonction de secrétaire d'État, cesse dès lors de faire partie du Sénat, à moins que, présenté de nouveau comme candidat par le pouvoir exécutif, il ne soit réélu par la Chambre des représentants.

Art. 73. — Chaque sénateur reçoit du Trésor public une indemnité de deux cents gourdes par mois.

Art. 74. — Le Sénat est permanent ; il peut cependant s'ajourner, excepté durant la session législative.

Art. 75. — Lorsque le Sénat s'ajournera, il laissera un comité permanent. Ce comité ne pourra prendre aucun arrêté que pour la convocation du Sénat.

SECTION III.

De l'Exercice de la Puissance législative.

Art. 76. — Le siége du Corps législatif est fixé dans la capitale de la République.

Chaque Chambre a son local particulier.

Art. 77. — La Chambre des représentants s'assemble le premier lundi d'avril de chaque année.

L'ouverture de sa session peut être faite par le président d'Haïti en personne.

Art. 78. — La session législative est de trois mois. En cas de nécessité, elle peut être prolongée jusqu'à quatre, soit par le Corps législatif, soit par le Pouvoir exécutif.

Art. 79. — Dans l'intervalle des sessions et en cas d'urgence, le Pouvoir exécutif peut convoquer les Chambres à l'extraordinaire ; il leur rend compte alors de cette mesure par un message.

Il peut aussi, selon qu'il y aura lieu, convoquer le Sénat seul durant son ajournement.

Art. 80. — Le président d'Haïti peut également proroger la session législative, pourvu qu'elle ait lieu à une autre époque, dans la même année.

Art. 81. — La Chambre des représentants peut être dissoute par le président d'Haïti ; mais, dans ce cas, il est tenu d'en convoquer une nouvelle dans le délai de trois mois au plus ; et alors les élections ont lieu d'après les dispositions des art. 52 et 53.

Art. 82. — Les Chambres législatives représentent la nation entière.

Art. 83. — La Chambre des représentants vérifie les pouvoirs de ses membres et juge les contestations qui s'élèvent à ce sujet.

Le Sénat examine et juge également si l'élection des sénateurs a eu lieu conformément à la Constitution.

Art. 84. — Les membres de chaque Chambre prêtent individuellement le serment de maintenir les droits du peuple et d'être fidèles à la Constitution.

Art. 85. — Les séances des Chambres sont publiques. Néanmoins chaque Chambre se forme en comité secret lorsqu'elle le juge convenable.

La délibération qui a lieu en comité secret est rendue publique si la Chambre le décide ainsi.

Art. 86. — On ne peut être à la fois membre des deux Chambres.

Art. 87. — Le Pouvoir législatif fait des lois sur tous les objets d'intérêt public.

L'initiative appartient à chacune des deux Chambres et au pouvoir exécutif.

Néanmoins, toute loi relative aux recettes et aux dépenses publiques doit d'abord être votée par la Chambre des représentants.

Art. 88. — L'interprétation des lois, par voie d'autorité, est donnée dans la forme ordinaire des lois.

Art. 89. — Aucune des deux Chambres ne peut prendre de résolution qu'autant que la majorité absolue de ses membres se trouve réunie.

Art. 90. — Toute résolution est prise à la majorité absolue des suffrages, sauf les cas prévus par la Constitution.

Art. 91. — Les votes sont émis par assis et levé.

En cas de doute, il se fait un appel nominal, et les votes sont alors donnés par *oui* ou par *non*.

Art. 92. — Chaque Chambre a le droit d'enquête sur tous les objets à elle attribués.

Art. 93. — Un projet de loi ne peut être adopté par l'une des Chambres qu'après avoir été voté article par article.

Art. 94. — Chaque chambre a le droit d'amender et de diviser les articles et amendements proposés.

Tout amendement voté par une Chambre ne peut faire partie des articles de la loi qu'autant qu'il ait été adopté par l'autre Chambre.

Les organes du pouvoir exécutif ont la faculté de proposer des amendements aux projets qui se discutent en vertu de l'initiative des Chambres.

Art. 95. — Toute loi admise par les deux Chambres est immédiatement adressée au pouvoir exécutif, qui a le droit d'y faire des objections; lorsqu'il en fait, il renvoie la loi à la Chambre où elle a été primitivement votée avec ces objections.

Si elles sont admises par les deux Chambres, la loi est amendée, et le pouvoir exécutif la promulgue.

Art. 96. — Si le pouvoir exécutif fait des objections à une loi adoptée par les deux Chambres, et que ces objections ne soient pas admises par ces deux Chambres, ou par l'une d'elles, le pouvoir exécutif pourra refuser sa sanction à la loi.

Cependant, si une dissolution de la Chambre des représentants survenait, et que la même loi fût votée de nouveau par les deux Chambres, le pouvoir exécutif sera tenu de la promulguer.

Art. 97. — L'admission des objections et les amendements auxquels elles peuvent donner lieu sont votés à la majorité absolue, conformément à l'art. 90.

Art. 98. — Le droit d'objections doit être exercé dans les délais suivants, savoir :

1° Dans les huit jours, pour les lois d'urgence, sans qu'en aucun cas l'objection puisse porter sur l'urgence ;

2° Dans les quinze jours pour les autres lois.

Toutefois, si la session est close avant l'expiration de ce dernier délai, la loi demeure ajournée.

Art. 99. — Si, dans les délais prescrits par l'article précédent, le pouvoir exécutif ne fait aucune objection, la loi doit être immédiatement promulguée.

Art. 100. — Un projet de loi, rejeté par l'une des Chambres ou par le pouvoir exécutif, ne peut être reproduit dans la même session.

Art. 101. — Les lois et autres actes du Corps législatif sont rendus officiels par la voie d'un bulletin imprimé et numéroté, ayant pour titre *Bulletin des Lois.*

Art. 102. — La loi prend date du jour qu'elle a été promulguée.

Art. 103. — Les Chambres correspondent avec le Président d'Haïti pour tout ce qui intéresse l'administration des affaires publiques; mais elles ne peuvent, en aucun cas, l'appeler dans leur sein pour fait de son administration.

Art. 104. — Les Chambres correspondent également avec les secrétaires d'État, et entre elles dans les cas prévus par la Constitution.

Art. 105. — Au Sénat seul il appartient de nommer le Président d'Haïti. Cette nomination se fait par élection, au scrutin secret, et aux deux tiers des membres présents dans l'assemblée.

Art. 106. — En cas de vacance de l'office de Président

d'Haïti pendant l'ajournement du Sénat, son comité permanent le convoquera à cet effet sans délai.

Art. 107. — Le Sénat approuve ou rejette les traités de paix, d'alliance, dé neutralité, de commerce et autres conventions internationales consenties par le pouvoir exécutif.

Néanmoins, tout traité stipulant des sommes à la charge de la République doit être également soumis à la sanction de la Chambre des représentants.

Art. 108. — Le Sénat donne ou refuse son approbation aux projets de déclaration de guerre que lui soumet le pouvoir exécutif.

Il peut dans des circonstances graves et sur la proposition du pouvoir exécutif autoriser la translation momentanée du siége du gouvernement dans un autre lieu que la capitale.

Art. 109. — Nul ne peut présenter en personne des pétitions aux Chambres. Chaque Chambre a le droit de renvoyer aux secrétaires d'État les pétitions qui lui sont adressées. Les secrétaires d'État peuvent être invités à donner des explications sur leur contenu, si la Chambre le juge convenable, et si les secrétaires d'État, interpellés, ne jugent pas cette publicité compromettante pour l'intérêt de l'État.

Art. 110. — Les membres du Corps législatif ne peuvent être exclus de la Chambre dont ils font partie, ni être, en aucun temps, recherchés, accusés ni jugés, pour les opinions et votes émis par eux dans l'exercice de leurs fonctions.

Art. 111. — Aucune contrainte par corps ne peut être exercée contre un membre de la Chambre des représentants durant la session et dans les six semaines qui l'auront précédée ou suivie.

Dans le même délai, aucun membre de la Chambre des représentants ne peut être poursuivi, ni arrêté en matière criminelle, correctionnelle ou de police, sauf le cas de flagrant délit pour faits criminels, qu'après que la Chambre aura permis sa poursuite.

Art. 112. — Aucune contrainte par corps ne peut être exercée contre un sénateur pendant la durée de ses fonctions.

Un sénateur ne peut être poursuivi, ni arrêté en matière criminelle, correctionnelle ou de police, durant ses fonctions (sauf le cas de flagrant délit pour faits criminels), qu'après l'autorisation du Sénat.

Art. 113. — Si un membre du Corps législatif est saisi (en cas de flagrant délit pour faits criminels), il en est référé sans délai à la Chambre dont il fait partie.

Art. 114. — Dans des cas criminels entraînant peines afflictives ou infamantes, tout membre du Corps législatif est mis en état d'accusation par la Chambre dont il fait partie.

Art. 115. — Le Sénat se forme en haute cour de justice pour juger les accusations admises soit contre les membres du Corps législatif, soit contre les secrétaires d'État ou tous autres grands fonctionnaires publics.

La forme de procéder par-devant la haute cour de justice sera déterminée par une loi.

Art. 116. — Chaque Chambre, par son règlement, fixe sa discipline et détermine le mode suivant lequel elle exerce ses attributions.

CHAPITRE II.

Du Pouvoir Exécutif.

SECTION PREMIÈRE.

Du Président d'Haïti.

Art. 117. — Le Président d'Haïti est à vie.

Art. 118. — Pour être élu Président d'Haïti, il faut :

1° Être né en Haïti;

2° Avoir atteint l'âge de trente-cinq ans ;

3° Être propriétaire d'immeuble en Haïti.

Art. 119. — En cas de vacance par mort, démission ou déchéance du Président d'Haïti, les secrétaires d'État, réunis en conseil, exercent, sous leur responsabilité, le pouvoir exécutif.

Si le Président se trouve dans l'impossibilité d'exercer ses fonctions, le conseil des secrétaires d'État est chargé de l'autorité exécutive, tant que dure l'empêchement.

Art. 120. — Avant d'entrer en fonctions, le Président d'Haïti prête devant le Sénat le serment suivant :

« Je jure à la nation de remplir fidèlement l'office de Président d'Haïti, de maintenir de tout mon pouvoir la Constitution et les lois du peuple haïtien, de faire respecter l'indépendance nationale et l'intégrité du territoire. »

Art. 121. — Le Président fait sceller les lois et autres actes du Corps législatif du sceau de la République, et les fait promulguer après les délais fixés par les art. 95, 96, 98 et 99.

Art. 122. — La promulgation des lois et autres actes du Corps législatif est faite en ces termes :

« Au nom de la République, le Président d'Haïti ordonne « que (*loi* ou *acte*) ci-dessus du Corps législatif soit revêtu du « sceau de la République, publié et exécuté. »

Art. 123. — Le Président fait exécuter les lois et autres actes du Corps législatif promulgués par lui.

Il fait tous règlements, arrêtés et proclamations nécessaires à cet effet.

Art. 124. — Le Président nomme et révoque les secrétaires d'État.

Il nomme et révoque également les agents de la République près les puissances ou gouvernements étrangers.

Art. 125. — Il nomme tous les fonctionnaires civils et militaires, et détermine le lieu de leur résidence, si la loi ne l'a déjà fait.

Il révoque les fonctionnaires amovibles.

Art. 126. — Le Président d'Haïti commande et dirige les forces de terre et de mer, et confère les grades dans l'armée, conformément à la loi.

Art. 127. — Il fait les traités de paix, d'alliance, de neutralité, de commerce et autres conventions internationales, sauf la sanction du Sénat et celle de la Chambre des représentants dans les cas déterminés par la Constitution.

Il propose au Sénat les déclarations de guerre lorsque des

circonstances lui paraissent l'exiger. Si le Sénat approuve ces projets, le Président d'Haïti proclame la guerre.

Art. 128. — Le Président d'Haïti pourvoit, d'après la loi, à la sûreté extérieure et intérieure de l'État.

Toutes les mesures que prend le Président sont préalablement délibérées en conseil des secrétaires d'État.

Art. 129. — Le Président d'Haïti a le droit de faire grâce et celui de commuer les peines ; l'exercice de ce droit sera réglé par une loi.

Il peut aussi exercer le droit d'amnistie pour délits politiques seulement.

Art. 130. — Aucun acte du Président ne peut avoir d'effet s'il n'est contresigné par un secrétaire d'État, qui, par cela seul, s'en rend responsable.

Art. 131. — A l'ouverture de chaque session, le Président, par l'organe des secrétaires d'État, présente au Sénat et à la Chambre des représentants la situation générale de la République, tant à l'intérieur qu'à l'extérieur.

Art. 132. — Le Président d'Haïti reçoit du Trésor public une indemnité annuelle de quarante mille gourdes.

Il réside au Palais national de la capitale.

SECTION II.

Des Secrétaires d'État.

Art. 133. — Il y a quatre Secrétaires d'État dont les départements sont fixés par l'arrêté portant leur nomination.

Les attributions de chaque département sont déterminées par la loi.

Art. 134. — Les secrétaires d'État se forment en conseil sous la présidence du Président d'Haïti, ou de l'un d'eux délégué par le Président.

Toutes les délibérations sont consignées sur un registre et signées par les membres du conseil.

Art. 135. — Ils ont leur entrée dans chacune des Chambres pour soutenir les projets de loi et les objections du pouvoir exécutif, ou pour toutes autres communications du gouvernement.

Art. 136. — Les Chambres peuvent requérir la présence des secrétaires d'État, et les interpeller sur tous les faits de leur administration.

Les secrétaires d'État, interpellés, sont tenus de s'expliquer, à moins qu'ils ne jugent l'explication compromettante pour l'intérêt de l'État.

Art. 137. — Les secrétaires d'État sont respectivement responsables, tant des actes du Président d'Haïti qu'ils contresignent, que de ceux de leur département, ainsi que de l'inexécution des lois. En aucun cas, l'ordre verbal ou écrit du Président, reçu par un secrétaire d'État, ne peut soustraire ce dernier à la responsabilité.

Art. 138. — La Chambre des représentants a le droit d'accuser les secrétaires d'État. Si l'accusation est admise aux deux tiers des voix, ils sont traduits par-devant le Sénat, qui alors se forme en haute cour de justice.

Art. 139. — Chaque secrétaire d'État jouit d'un traitement annuel de cinq mille gourdes.

Des frais de tournée leur seront alloués par une loi.

SECTION III.

Des Institutions d'Arrondissements et de Communes.

Art. 140. — Il est établi, savoir :

Un conseil par arrondissement et un conseil par commune. Ces institutions sont réglées par la loi.

CHAPITRE III.

Du Pouvoir Judiciaire.

Art. 141. — Les contestations qui ont pour objet des droits civils sont exclusivement du ressort des tribunaux.

Art. 142. — Les contestations qui ont pour objet des droits politiques sont du ressort des tribunaux, sauf les exceptions établies par la loi.

Art. 143. — Nul tribunal, nulle juridiction contentieuse ne peut être établie qu'en vertu d'une loi.

Il ne peut être créé de commissions, ni de tribunaux extraordinaires, sous quelque dénomination que ce soit.

Art. 144. — Il y a, pour toute la République, un tribunal de Cassation, dont l'organisation et les attributions sont déterminées par la loi.

Le tribunal de Cassation siége dans la capitale.

Art. 145. — La loi détermine également l'organisation et les attributions des autres tribunaux.

Art. 146. — Les juges ne peuvent être destitués que pour forfaiture légalement jugée, ni suspendus que par une accusation admise.

Néanmoins les juges de paix sont révocables.

Art. 147. — Tout juge peut être appelé à faire valoir ses droits à la retraite s'il est dans les conditions voulues par les lois sur la matière.

Art. 148. — Nul ne peut être nommé juge ou officier du ministère public s'il n'a trente ans accomplis pour le tribunal de Cassation, et vingt-cinq ans accomplis pour les autres tribunaux.

Art. 149. — Le Président d'Haïti nomme et révoque les officiers du ministère public près le tribunal de Cassation et les autres tribunaux.

Art. 150. — Les fonctions de juge sont incompatibles avec toutes autres fonctions publiques, excepté celles de représentant.

L'incompatibilité, à raison de la parenté, est réglée par la loi.

Art. 151. — Le traitement des membres du corps judiciaire est fixé par la loi.

Art. 152. — Il pourra être établi des tribunaux de commerce. La loi règle leur organisation, leurs attributions et la durée des fonctions de leurs membres.

Art. 153. — Des lois particulières règlent l'organisation

des tribunaux militaires, leurs attributions, les droits et les obligations des membres de ces tribunaux, et la durée de leurs fonctions.

Art. 154. — Les audiences des tribunaux sont publiques, à moins que cette publicité ne soit dangereuse pour l'ordre public et les bonnes mœurs; dans ce cas, le tribunal le déclare par un jugement.

Art. 155. — La loi règle le mode de procéder contre les juges dans les cas de crimes ou délits par eux commis, soit dans l'exercice de leurs fonctions, soit hors de cet exercice.

CHAPITRE IV.

Des Assemblées Primaires des communes et des Colléges Électoraux d'arrondissements.

Art. 156. — Tout citoyen âgé de vingt et un ans accomplis a le droit de voter aux assemblées primaires, s'il est d'ailleurs propriétaire foncier, s'il a l'exploitation d'une ferme, ou s'il exerce une profession, un emploi public, ou toute industrie déterminée par la loi électorale.

Art. 157. — Pour être habile à faire partie des colléges électoraux, il faut être âgé de vingt-cinq ans et être de plus dans l'une des autres conditions prévues au précédent article.

Art. 158. — Les Assemblées primaires se réunissent, de plein droit, en vertu de l'art. 52 de la Constitution, ou sur la convocation du Président d'Haïti, dans le cas prévu en l'art. 81.

Elles ont pour objet de nommer les électeurs.

Art. 159. — Les Colléges électoraux s'assemblent également, de plein droit, en vertu de l'art. 53 de la Constitution, ou sur la convocation du Président d'Haïti, dans le cas prévu en l'art. 81.

Ils ont pour objet de nommer les représentants et leurs suppléants.

Art. 160. — La réunion des deux tiers des électeurs d'un

arrondissement constitue un collége électoral; et toutes les élections se font à la majorité absolue des suffrages des membres présents, et au scrutin secret.

Art. 161. — Les Assemblées primaires et les Colléges électoraux ne peuvent s'occuper d'aucun autre objet que de celui des élections qui leur sont respectivement attribuées par la Constitution. Ils sont tenus de se dissoudre dès que cet objet est rempli.

TITRE IV.

Des Finances.

Art. 162. — Aucun impôt au profit de l'État ne peut être établi que par une loi.

Les impôts au profit des communes et des arrondissements sont établis en vertu de lois particulières.

Art. 163. — Il ne peut être établi de priviléges en matière d'impôts.

Nulle exception ou modération d'impôt ne peut être établie que par une loi.

Art. 164. — Hors les cas formellement exceptés par la loi, aucune rétribution ne peut être exigée des citoyens qu'à titre d'impôt au profit de l'État, de l'arrondissement ou de la commune.

Art. 165. — Aucune pension, aucune gratification à la charge du Trésor public ne peut être accordée qu'en vertu d'une loi.

Art. 166. — Le budget de chaque secrétairerie d'État est divisé en chapitres; aucune somme allouée pour un chapitre ne peut être reportée au crédit d'un autre chapitre, et employée à d'autres dépenses sans une loi.

Art. 167. — Chaque année, les Chambres arrêtent : 1° le compte des recettes et dépenses de l'année ou des années précédentes, avec distinction de chaque département; 2° le budget général de l'État, contenant l'aperçu des recettes et la proposition des fonds assignés pour l'année à chaque secrétairerie d'État.

Toutefois, aucune proposition, aucun amendement ne pourra être introduit, à l'occasion du budget, dans le but de réduire ni d'augmenter les appointements des fonctionnaires publics et la solde des militaires, déjà fixés par des lois spéciales.

Art. 168. — La chambre des comptes est composée d'un certain nombre de membres déterminé par la loi.

Ils sont nommés par le Président d'Haïti et révocables à sa volonté.

L'organisation et les attributions de la chambre des comptes sont déterminées par la loi.

Art. 169. — La loi règle le titre, le poids, la valeur, l'empreinte, l'effigie et la dénomination des monnaies.

TITRE V.

De la Force publique.

Art. 170. — La force publique est instituée pour défendre l'État contre les ennemis du dehors et pour assurer au dedans le maintien de l'ordre et l'exécution des lois.

Art. 171. — L'armée est essentiellement obéissante; nul corps armé ne peut délibérer.

Art. 172. — L'armée se forme sur le pied de paix ou de guerre, selon qu'il y a lieu.

Nul ne peut recevoir de solde s'il ne fait partie de l'armée.

Art. 173. — Le mode de recrutement de l'armée est déterminé par la loi; elle règle également l'avancement, les droits et les obligations des militaires.

Art. 174. — Il ne pourra jamais être créé de corps privilégié; mais le Président d'Haïti a une garde particulière, soumise au même régime militaire que les autres corps de l'armée.

Art. 175. — La garde nationale est organisée par la loi

Elle ne peut être mobilisée, en tout ou en partie, que dans les cas prévus par la loi sur son organisation.

Art. 176. — Les militaires ne peuvent être privés de leurs grades, honneurs et pensions que de la manière déterminée par la loi.

TITRE VI.

Dispositions générales.

Art. 177. — Les couleurs nationales sont le *bleu* et le *rouge*, placés horizontalement.

Les armes de la République sont le palmiste, surmonté du bonnet de la Liberté et orné d'un trophée d'armes, avec la légende : *L'Union fait la force.*

Art. 178. — La ville du Port-au-Prince est la capitale de la République d'Haïti et le siége du gouvernement.

Art. 179. — Aucun serment ne peut être imposé qu'en vertu de la loi ; elle en détermine la formule.

Art. 180. — Tout étranger qui se trouve sur le territoire de la République jouit de la protection accordée aux personnes et aux biens, sauf les exceptions établies par la loi.

Art. 181. — La loi établit un système uniforme de poids et mesures.

Art. 182. — Les fêtes nationales sont celle de l'*Indépendance d'Haïti*, le 1er janvier ; — celle d'*Alexandre Pétion*, le 2 avril ; — celle de l'*Agriculture*, le 1er mai ; — celle de *Philippe Guerrier*, le 30 juin.

Les fêtes légales sont déterminées par la loi.

Art. 183. — Aucune loi, aucun arrêté ou règlement d'administration publique n'est obligatoire qu'après avoir été publié dans la forme déterminée par la loi.

Art. 184. — Aucune place, aucune partie du territoire ne peut être déclarée en état de siége que dans le cas de troubles civils, ou dans celui d'invasion imminente ou effectuée de la part d'une force étrangère.

Cette déclaration est faite par le Président d'Haïti, et doit être contresignée par tous les secrétaires d'État.

Art. 185. — La Constitution ne peut être suspendue, en tout ou en partie.

TITRE VII.

De la Révision de la Constitution.

Art. 186. — Si l'expérience faisait sentir les inconvénients de quelques dispositions de la Constitution, la proposition d'une révision de ces dispositions pourra être faite dans la forme ordinaire des lois.

Art. 187. — Si le pouvoir exécutif et les deux Chambres sont d'accord sur les changements proposés dans une session, la discussion en sera renvoyée à la session de l'année suivante. Et si, à cette seconde session, les deux Chambres et le pouvoir exécutif s'accordent de nouveau sur les changements proposés. les nouvelles dispositions adoptées seront publiées dans la forme ordinaire des lois, comme articles de la Constitution.

Art. 188. — Aucune proposition de révision ne peut être votée, aucun changement dans la Constitution ne peut être adopté dans les Chambres, qu'à la majorité des deux tiers des suffrages.

TITRE VIII.

Dispositions transitoires.

Art. 189. — Les membres actuels du Sénat sont maintenus dans leurs fonctions, ainsi qu'il suit :

Un tiers pour trois ans, un tiers pour six ans, un tiers pour neuf ans.

Cette disposition sera exécutée par un tirage au sort, fait par le Sénat, en séance publique.

Art. 190. — A l'avenir, tout sénateur sera élu par la Chambre des représentants, pour neuf ans, conformément à l'art. 63 de la Constitution.

Art. 191. — La formation de la Chambre des représentants aura lieu, pour la première fois seulement, ainsi qu'il suit :

Le Président d'Haïti adressera au Sénat une liste générale de trois candidats pour chaque représentant et chaque suppléant à élire par arrondissement.

Le Sénat élira, parmi les candidats portés sur la liste générale, le nombre de représentants et de suppléants fixé par les art. 51 et 53 de la Constitution.

Art. 192. — Dans la session de 1847, il sera proposé à la législature :

1° Une loi réglant le mode à suivre dans le cas de poursuites contre les fonctionnaires publics, pour faits de leur administration ;

2° Une loi réglant la forme de procéder par-devant la haute cour de justice ;

3° Une loi réglant l'exercice du droit de grâce et de celui de commuer les peines ;

4° Une loi réglant la retraite des juges ;

5° Une loi déterminant les attributions des secrétaires d'État.

Art. 193. — La présente Constitution sera publiée et exécutée dans toute l'étendue de la République.

Les codes de lois civiles, commerciales, pénales et d'instruction criminelle, et toutes autres lois qui en font partie, sont maintenues en vigueur jusqu'à ce qu'il y soit légalement dérogé.

Toutes les dispositions des lois, décrets, arrêtés, règlements et autres actes qui sont contraires à la présente Constitution demeurent abrogés.

Fait en la Maison-Nationale, au Port-au-Prince, le 14 novembre 1846, an 43e de l'indépendance d'Haïti.

D. LABONTÉ, Pierre ANDRÉ, A. ELIE, Maximilien ZAMOR, COVIN aîné, B. ARDOUIN, BANCE, J. PAUL, P.-F. TOUSSAINT, BOUCHEREAU, Joseph GEORGES, N. PARET, LAPOINTE, PAUL, CORVOISIER, GAUDIN, François BALMIR, PHILIPPEAUX fils, JEANBART, François CAPOIX, Gonzalve LATORTUE, PROPHÈTE, Joseph FRANÇOIS, Joseph COURTOIS.

V. PLESANCE, *vice-président;*

D. DELVA, SALOMON jeune, *secrétaires.*

AU NOM DE LA RÉPUBLIQUE.

Le Président d'Haïti ordonne que l'Acte constitutionnel ci-dessus soit revêtu du sceau de la République, imprimé, publié et exécuté.

Donné au Palais-National du Port-au-Prince, le 15 novembre 1846, an 43e de l'Indépendance d'Haïti.

RICHÉ.

Par le Président :

Le secrétaire d'État de la guerre, président du conseil,

LAZARRE.

Le secrétaire d'État des finances et du commerce,

DETRE.

Le secrétaire d'État de la justice, de l'instruction publique et des cultes,

A. LAROCHEL.

Le secrétaire d'État de l'intérieur et de l'agriculture,

C. ARDOUIN.

Le secrétaire d'État de la marine et des relations extérieures,

A. DUPUY.

MODIFICATIONS A LA CONSTITUTION

Dans la notice historique qui précède la Constitution, nous avons dit que diverses modifications avaient été apportées à la charte haïtienne, conformément au principe posé dans cet acte fondamental. Les modifications dont il s'agit ont été décrétées sous forme de lois dont nous allons reproduire ici le texte complet.

Nous appelons surtout l'attention sur la loi concernant le mariage entre Haïtiens et étrangers, parce qu'elle offre de nouvelles garanties et de nouveaux avantages aux étrangers qui voudraient s'établir dans la République ; elle assure, en effet, à l'époux non haïtien et à ses héritiers, les mêmes droits qu'à l'époux Haïtien, avec cette différence que la part de l'étranger dans la communauté ou dans l'héritage ne peut être réglée qu'en argent, la Constitution lui interdisant la propriété foncière.

Le gouvernement ne pouvait aller plus loin sans danger ; la nouvelle loi sur le mariage causa même une grande irritation, parce qu'on la regardait à tort, comme un premier pas vers l'abolition de l'article 7. Il est donc d'une parfaite évidence qu'on ne saurait, quant à présent, abroger cet article de la Constitution. Un nouvel événement vient de le démontrer. Nous apprenons, au moment de mettre sous presse, que les auteurs de la conspiration avortée des Gonaïves, qu'on juge en ce moment, voulaient appeler le peuple aux armes, au nom de ce même article 7, sous prétexte que le gouvernement en méditait la suppression. Nous souhaitons que cette leçon profite à une partie trop inconsidérée de la jeunesse d'Haïti qui voudrait marcher plus vite que le temps.

I

Loi portant modification à la Constitution du 14 novembre 1846.

(Promulguée le 18 juillet 1859.)

Le Corps législatif, usant de son initiative en vertu de l'art. 87 de la Constitution,

Vu le décret du comité des Gonaïves, en date du 23 décembre 1858, qui remet en vigueur, sauf modifications, la Constitution de 1846 ;

Considérant qu'il importe que ces modifications soient déterminées sans retard,

A rendu à l'unanimité la loi suivante :

Article premier. — Les art. 62, 71, 73, 111, 132, 133, 139, 167 et 182 sont modifiés de la manière suivante :

Art. 62. — Pendant la durée de la session législative, chaque représentant reçoit du Trésor public une indemnité dont le chiffre est fixé par la loi.

Une autre loi fixera également ce qui devra être alloué à chaque représentant pour frais de route, de sa commune au siége de la Chambre.

Art. 71. — Les fonctions de sénateur sont incompatibles avec toutes autres fonctions publiques.

Néanmoins, un militaire peut être nommé sénateur; mais dès lors il cesse d'exercer toutes fonctions militaires.

-Art. 73. — Chaque sénateur reçoit du Trésor public une indemnité dont le chiffre est fixé parla loi.

Art. 111. — Aucune contrainte par corps ne peut être exercée contre un représentant du peuple pendant la durée de son mandat.

Néanmoins, si un représentant exerce une fonction publique après la session, il pourra être poursuivi pour les faits dont il se serait rendu coupable, et par devant les tribunaux ordinaires.

Art. 132. — Le Président d'Haïti reçoit du Trésor public une indemnité annuelle dont le chiffre est fixé par la loi.

Il réside au Palais national de la capitale.

Art. 133. — Il y a quatre à sept secrétaires d'État, selon que le Président d'Haïti le juge utile. Leurs départements sont fixés par l'arrêté portant leur nomination.

Les attributions de chaque département sont déterminées par la loi.

Art. 139. — Chaque secrétaire d'État jouit d'un traitement annuel dont le chiffre est fixé par la loi.

Elle fixe également le chiffre des frais de tournées qui seront alloués aux secrétaires d'État.

Art. 167. — Chaque année, les Chambres arrêtent : 1° le compte des recettes et dépenses, accompagné de pièces justificatives de l'année précédente, avec distinction de chaque département; 2° le budget général de l'État, contenant l'aperçu des recettes et la proposition des fonds assignés pour l'année à chaque secrétaire d'État.

Toutefois, aucune proposition, aucun amendement ne pourra être introduit à l'occasion du budget, dans le but de réduire, ni d'augmenter les appointements des fonctionnaires publics et la solde des militaires, déjà fixés par des lois spéciales.

Art. 182. — Les fêtes nationales sont celle de l'*Indépendance d'Haïti*, le 1er janvier; celle de *J.-J. Dessalines*, le 2 janvier; celle d'*Alexandre Pétion*, le 2 avril; celle de l'*Agriculture*, le 1er mai; celle de *Philippe Guerrier*, le 30 juin, et celle de la *Restauration de la République*, le 22 décembre.

Article deuxième. — Les art. 189, 190 et 191 de la même Constitution sont supprimés; l'art. 192, qui devient 189, est modifié comme suit :

Art. 189. — Dans la session de 1860, si ce n'est avant, il sera proposé au Corps législatif :

1° Une loi réglant le mode à suivre dans le cas de poursuite contre les fonctionnaires publics pour faits de leur administration; 2° une loi réglant la forme de procéder par devant la haute cour de justice; 3° une loi réglant l'exercice du droit de grâce et du droit de commuer les peines; 4° une loi réglant la retraite des juges.

Article troisième. — L'art. 193, qui prend le numéro 190, sera rédigé comme suit :

Art. 190. — La présente loi sera publiée et exécutée dans toute l'étendue de la République.

Les codes de lois civiles, commerciales, pénales et d'instruction criminelle et toutes lois qui s'y rattachent, sont maintenus en vigueur jusqu'à ce qu'il y soit légalement dérogé.

Toutes les dispositions de lois, décrets, arrêtés, règlements et autres actes qui sont contraires à la présente Constitution demeurent abrogés.

II

Loi sur le mariage entre Haïtiens et étrangers.

(Promulguée le 18 octobre 1860.)

Le Président d'Haïti, sur le rapport du secrétaire d'État au département de la justice et des cultes, et de l'avis du conseil des secrétaires d'État, a proposé,

Et le Corps législatif,

Considérant que l'institution du mariage est trop sainte en elle-même pour qu'elle ne soit pas encouragée, protégée et honorée par tout peuple civilisé;

Considérant que le mariage entre Haïtiens et étrangers peut être régularisé sans porter atteinte à la loi fondamentale de l'État,

A rendu la loi suivante :

Article premier. — Le mariage entre Haïtiens et étrangers est autorisé; il aura lieu dans les formes voulues par le Code civil.

Art. 2. — Quel que soit le régime sous lequel le mariage est contracté, l'époux haïtien seul pourra acquérir des immeubles.

Néanmoins, si c'est le mari qui est étranger, il aura l'administration des biens personnels de sa femme, ainsi que ceux qui seront acquis durant le mariage, soit que le mariage ait eu lieu sous le régime de la communauté, soit qu'il ait eu lieu sans communauté.

Art. 3. — Arrivant à la dissolution de la communauté, soit par le divorce ou la mort de l'époux haïtien, ou sa condamnation à une peine afflictive ou infamante, l'époux étranger ne sera pas propriétaire de tout ou partie, en nature, des immeubles de la communauté; mais le conjoint divorcé ou les héritiers de l'époux décédé devront une indemnité en argent à l'époux étranger, égale à la valeur de son droit dans la communauté, et à dire d'experts nommés par justice, si n'aiment mieux lesdits héritiers opter pour la licitation desdits immeubles, auquel cas la moitié du net produit de la vente d'iceux sera reversible à l'époux étranger survivant.

Art. 4. — Dans le cas de prédécès de l'époux haïtien sans enfants, si le conjoint étranger se trouve son héritier, la succession, si elle consiste en biens fonds, sera dévolue à la vacance, laquelle fera vendre les immeubles dans les formes voulues par la loi sur les successions vacantes, la liquidera, et fera remise du net produit à l'époux étranger héritier, le tout avec l'assistance du ministère public du ressort.

Art. 5. — Si l'étranger se trouve héritier de son enfant

haïtien et que la succession se trouve composée, en tout ou en partie, d'immeubles, la part revenant au père étranger ou à la mère étrangère devra toujours lui être remise en argent, soit par les co-héritiers, s'il y en a, et à dire d'experts, soit par la vacance, si toute la succession est dévolue à l'étranger seul.

Art. 6. — Les enfants qui naîtront du mariage d'une Haïtienne avec un étranger ou de leurs liaisons naturelles seront essentiellement Haïtiens; et si, par la suite, ils venaient à acquérir une autre qualité, le cas serait réglé conformément aux dispositions de l'art. 18 du Code civil.

Art. 7. — Le père étranger ou la mère étrangère aura la tutelle légale de ses enfants légitimes.

Le père naturel ou la mère naturelle pourra être nommé tuteur de ses enfants naturels légalement reconnus.

Art. 8. — La présente loi abroge toutes dispositions de lois, décrets, arrêtés qui lui sont contraires, et sera exécutée à la diligence du secrétaire d'État de la justice et des cultes.

III

Loi portant modification aux articles 60, 71, 110 et 146 de la Constitution.

(Promulguée le 11 décembre 1860.)

Fabre Geffrard, Président d'Haïti,

Sur le rapport du secrétaire d'État au département de la justice, etc.,

Vu le décret des Gonaïves du 23 décembre 1858, qui réserve

au pouvoir exécutif et au pouvoir législatif le droit de faire des modifications à la Constitution,

Et de l'avis du conseil des secrétaires d'État, a proposé,

Et le Corps législatif, après avoir reconnu et déclaré l'urgence,

A rendu la loi suivante :

Article premier. — Les art. 60, 71, 110 et 146 de la Constitution sont modifiés comme suit :

Art. 60. — Tout représentant qui accepte, durant son mandat, une fonction salariée par l'État, autre que celle qu'il occupait avant son élection, cesse de faire partie de la Chambre.

Toutefois, ne sont pas comprises dans cette disposition les fonctions de l'ordre judiciaire et celle de membre d'une commission de l'instruction publique.

Art. 71. — Les fonctions de sénateur sont incompatibles avec toutes autres fonctions publiques, excepté :

1° Les fonctions de doyen, juge ou officier du parquet du tribunal de cassation et celles de doyen ou juge d'un tribunal civil ;

2° Les fonctions de membre d'une commission de l'instruction publique.

Un militaire peut être élu sénateur ; mais il cesse dès lors d'exercer toutes fonctions militaires.

Le traitement alloué au sénateur ne peut être cumulé avec le traitement de l'officier militaire.

Il ne peut être cumulé non plus avec le traitement du magistrat, mais seulement pendant la durée des sessions législatives.

Art. 110. — Les membres du Corps législatif ne peuvent être exclus de la Chambre dont ils font partie, ni être, en aucun temps, recherchés, accusés, ni jugés pour les opinions et votes émis par eux dans l'exercice de leurs fonctions.

Toutefois, aucun membre du Corps législatif, poursuivi à raison de l'exercice d'une autre fonction publique, ne saurait se prévaloir de l'inviolabilité, ni d'aucune des prérogatives attachées à ses fonctions législatives.

Art. 146. — Les juges ne peuvent être destitués que pour

forfaiture légalement jugée, ni suspendus que par une accusation admise.

Néanmoins, il est laissé la faculté au Président d'Haïti, pendant deux ans, de révoquer, s'il y a lieu, les juges, à l'effet d'élever la magistrature à la hauteur de sa mission.

Les juges de paix sont révocables.

Article deuxième. — La présente loi sera imprimée, publiée et exécutée à la diligence du secrétaire d'État au département de la justice, etc.

BIBLIOGRAPHIE D'HAÏTI

Nous croyons rendre service à ceux qui s'occupent de l'histoire d'Haïti, en donnant ici le titre des ouvrages qu'on peut le plus avantageusement consulter. La bibliographie d'Haïti remplirait un volume si on voulait citer tous les écrits qui s'y rapportent; mais le lecteur se perd dans des nomenclatures trop longues, et il sera plus profitable de ne mettre sous ses yeux que les livres essentiels, importants ou intéressants à divers titres.

Nous avons indiqué, parmi tous ces ouvrages, ceux qui ont été rédigés par des Haïtiens, parce qu'il est utile de connaître exactement d'abord, la part qu'ils ont prise dans les grandes discussions soulevées par la révolution et par les événements qui l'ont suivie, et ensuite la manière dont ils ont apprécié l'histoire de leur pays depuis l'époque coloniale jusqu'à nos jours.

Mais une grande sobriété nous était imposée par la nature et par le cadre restreint de ce travail, et nous n'avons pas signalé dans cette bibliographie une multitude d'écrits de circonstance, publiés, soit à Paris, soit en Haïti, pendant la période révolutionnaire, par les hommes de couleur, tels que Julien Raymond, Pierre Pinchinat, Rigaud, J. Chanlatte, etc. Plus tard, par Prevost, A. Dupuy, Prézeau, et beaucoup d'autres écrivains haïtiens.

C'est d'après l'ordre chronologique que nous avons classé tous les ouvrages compris dans la bibliographie suivante :

LAS CASAS, évêque de Chiapa. — Brevissima Relacion de la destruccion de las Indias, Séville 1552, traduit en français par Jacques de Miggrode, sous ce titre : *Tyrannies et cruautés des Espagnols*, Anvers, 1679, in-4°.

OVIEDO Y VALDEZ, qui fut intendant de l'île Espagnole (Haïti), de 1535 à 1545, et y déploya une cruauté atroce contre les indigènes. — Historia general y natural de las Indias, vingt livres, Tolède, 1535, in-fol.; les trente autres livres qu'il y ajouta furent publiés, avec l'ouvrage refondu, en 1783, par le marquis de Travello.

HERRERA (ANTONIO DE TORDESILLAS). — Histoire générale des gestes des Castillans, dans les îles de Terre-Ferme de l'Océan, de l'an 1492 à 1554. Madrid, 1601-1615, 4 vol. in-fol.; traduit en français par La Coste, Paris, 1660-1671, 3 vol. in-4°. — Description des Indes-Occidentales. Madrid, 1601, in-fol ; traduction française, Amsterdam et Paris, 1622, in-fol.

DUTERTRE (JEAN-BAPTISTE), marin, soldat, puis dominicain. — Histoire générale des Antilles habitées par les Français..., enrichie de cartes et de figures. Paris, 1667-1671, 4 vol. in-4°.

CHARLEVOIX (PIERRE-FRANÇOIS-XAVIER, DE), jésuite, missionnaire. — Histoire de l'Ile Espagnole ou de Saint-Domingue, écrite particulièrement sur les Mémoires manuscrits du P. J.-B. Lepers, jésuite missionnaire à Saint-Domingue, et sur les pièces originales qui se conservent au dépôt de la marine. Paris, 1730, 2 vol. in-4°. — Amsterdam, 1733, 4 vol. in-12.

OEXMELIN (Alexandre-Olivier). — Histoire des Aventuriers Flibustiers qui se sont signalés dans les Indes, contenant ce qu'ils y ont fait de remarquable, avec la vie, les mœurs et les coutumes des boucaniers, et des habitants de Saint-Domingue et de la Tortue, une description exacte de ces lieux... le tout enrichi de cartes géographiques et de figures en taille douce. Trévoux, 1744, 4 vol. in-12.

POUPPÉ DESPORTES. — Histoire des maladies de Saint-Domingue, contenant un traité des plantes usuelles, la pharmacopée haïtienne, le catalogue des plantes de Saint-Domingue, une notice sur les eaux chaudes du Mirebalais, etc. Paris, 1770, 3 vol. in-12.

PETIT (Émilien), doyen du Conseil supérieur de la Martinique, député des Conseils supérieurs des colonies près le gouvernement de la Métropole. — Droit public ou gouvernement des colonies françaises d'après les lois faites pour ces pays. Paris, 1773, 2 vol. in-8°. — Traité du gouvernement des esclaves. Paris, 1777, 2 vol in-8°.

NICOLSON (le Père), dominicain. — Essai sur l'Histoire naturelle de Saint-Domingue. Paris, 1776, 1 vol. in-8°, comprenant une statistique générale de Saint-Domingue, un aperçu sur le gouvernement, des notices sur les principales industries, etc.

VALVERDE (Don Antonio Sanchez), créole, prébendier de la cathédrale de Santo-Domingo. — Idea del valor de la Isla Espanola, y utilitades que de ella puede sacar su monarquia. Madrid, 1785, petit in-4°.

CHASTENET-PUYSÉGUR (de). — Détail sur la navigation aux côtes de Saint-Domingue et aux débouquements. Paris, imprimerie royale, 1787, in-4° avec un atlas.

HILLIARD D'AUBERTEUIL. — Considérations sur la colonie de Saint-Domingue. Paris, 1776.

MOREAU DE SAINT-MÉRY, né à la Martinique; conseiller au Conseil supérieur du Cap; député de Saint-Domingue à la Convention nationale. On a de lui : 1° Description topographique et politique de la partie espagnole de l'île de Saint-Domingue. Philadelphie, 1796, 2 vol.

in-8° avec carte ; — 2° Description topographique, physique, civile et politique de la partie française de l'île de Saint-Domingue. Philadelphie, 1797, 2 vol. in-4° ; — 3° Lois et Constitutions des colonies françaises de l'Amérique sous le vent, de 1750 à 1785. Paris, 1784-1790, 6 vol. in-4°. — Ces trois ouvrages sont une mine inépuisable de renseignements précieux.

Moreau de Saint-Méry avait préparé une *Histoire de Saint-Domingue* qui n'a jamais paru. Il a laissé sur les Antilles françaises un grand nombre de manuscrits qui se trouvent aux archives du ministère de la marine et forment environ 75 vol. in-fol.

RECUEIL des pièces intéressantes remises par les commissaires de la colonie de Saint-Domingue à Messieurs les Notables, le 6 novembre 1788. Paris, 1788, 1 vol. in-8°.

GARRAN DE COULON, député du Loiret à la Convention nationale. — Rapport sur les troubles de Saint-Domingue, fait au nom de la Commission des Colonies et des comités de Salut public, de législation et de marine réunis, imprimé par ordre de la Convention nationale et distribué au Corps législatif en ventôse, an V. Paris, 4 forts vol. in-8°.

DÉBATS entre les accusateurs et les accusés dans l'affaire des colonies. Paris, an III, 9 vol. in-8°.

MALOUET (Pierre-Victor), ordonnateur à Saint-Domingue, puis ministre de la marine et des colonies. — Collection de Mémoires et correspondance officielle sur l'administration des colonies, et notamment sur la Guyane française et hollandaise. Paris, an X (1802), 5 vol. in-8°. — Le quatrième volume est consacré à Saint-Domingue.

BRYAN (Edwars). — Histoire de l'île de Saint-Domingue. Paris, 1802, 1 vol. in-12.

DUBROCA (Louis). — La vie de Toussaint-Louverture... suivie de notes précieuses sur Saint-Domingue, sur plusieurs personnages qui ont joué un rôle dans cette île et des premières opérations du général Leclerc... Paris, 1802, in-8°.

BOISROND TONNERRE, Haïtien, — Mémoires pour servir à l'histoire d'Haïti. Port-au-Prince, 1804.

ARCHENHOLTZ. — Histoire des flibustiers, traduite de l'allemand par J.-J. Bourgoing. Paris, 1804, in-8°.

LAUJON (A.-P.-M.), conseiller au Conseil supérieur de Saint-Domingue. — 1° Précis historique de la dernière révolution de Saint-Domingue, depuis le départ de l'armée des côtes de France jusqu'à l'évacuation de la colonie, suivi des moyens de rétablissement de cette colonie; Paris, 1805; — 2° Moyens de rentrer en possession de la colonie de Saint-Domingue et d'y rétablir la tranquillité; détails circonstanciés des ressources qu'offrira cette colonie, etc. Paris, 1814.

GUILLERMIN DE MONTPINAY (Gilbert), officier d'état-major. — 1° Précis historique des derniers événements de la partie de l'Est de Saint-Domingue, depuis le 8 août 1808 jusqu'à la capitulation de Santo-Domingo, avec des notes historiques, politiques et statistiques sur cette partie, orné du portrait du général Ferrand, d'une vue de l'ancien palais de Christophe Colomb, d'une carte des positions respectives des deux armées; Paris, 1811, 1 vol. in-8°; — 2° Journal historique de la Révolution de Saint-Domingue; Philadelphie, 1810, in-8°; — 3° Colonie de Saint-Domingue, ou Appel à la sollicitude du Roi et de la France. Paris, 1819, forte brochure.

MALENFANT, colonel, propriétaire à Saint-Domingue. — Des colonies et particulièrement de celle de Saint-Domingue; mémoire historique et politique. Paris, août 1814, 1 vol. in-8°.

DROUIN DE BERCY, créole, propriétaire et inspecteur des cultures à Saint-Domingue. — De Saint-Domingue, de ses guerres, de ses révolutions, de ses ressources et des moyens à prendre pour y rétablir la paix et l'industrie. Paris, 1814, petit vol. in-8°.

BURNAY (James). — History of the Buccaners of America. London, 1816, in-4°.

HERARD-DUMESLE, Haïtien. — 1° Réflexions politiques sur la mission de Fontanges et Esmangart; Port-au-Prince, 1816; — 2° Voyage dans le nord d'Haïti (ouvrage plein de renseignements curieux sur l'histoire du roi Christophe et sa cour). Port-au-Prince, 1824, 1 vol in-8°.

VASTEY, Haïtien. — Réflexions politiques sur les noirs et sur les blancs. Cap-Henry, 1817, 1 vol. in-8°.

CLAUSSON (L.-J.), propriétaire et magistrat à Port-au-Prince. — Précis historique de la Révolution de Saint-Domingue, de l'état actuel de cette colonie et de la nécessité d'en recouvrer la possession, Paris, 1819, 1 petit vol. in-8°.

LACROIX (PAMPHILE DE), chef de l'état-major de l'armée expéditionnaire de 1802. — Mémoires pour servir à l'histoire de la Révolution de Saint-Domingue, avec cartes et plans. Paris, 1819, 2 vol. in-8°.

DARD. — Observations sur le droit de souveraineté de la France sur Saint-Domingue. Paris, 1823.

MÉTRAL (ANTOINE). — Histoire de l'expédition des Français à Saint-Domingue, sous le consulat de Napoléon Bonaparte ; suivies des Mémoires et Notes d'Isaac Louverture sur la même expédition et sur la vie de son père, avec portrait et carte. Paris, 1825, 1 vol. in-8°.

PLACIDE-JUSTIN. — Histoire politique et statistique de l'île d'Haïti (Saint-Domingue) ; écrite sur des documents officiels et sur des notes communiquées par sir James Barskett, agent du gouvernement britannique dans les Antilles. Paris, 1826, 1 vol. in-8.

MALO (CHARLES), — Histoire d'Haïti (Saint-Domingue) depuis sa découverte jusqu'en 1824 ; nouvelle édition suivie de pièces officielles. Paris, 1825, 1 vol. in-8°.

WALLEZ. — Précis historique des négociations entre la France et Saint-Domingue, suivi de pièces justificatives et d'une notice biographique sur le général Boyer, président de la République d'Haïti. Paris. 1826, in-8°.

HARWEY (W.-W.) — Sketches of Hayti from the expulsion of the French to the death of Christophe. London, 1827, 1 vol. in-8°.

MACAULAY (Z.) — Haïti ou renseignements authentiques sur l'abolition de l'esclavage et ses résultats à Saint-Domingue et à la Guadeloupe, avec des détails sur l'état actuel d'Haïti et des noirs ; traduction française. Paris, 1835, in-8°, renfermant : 1° Mémoire sur l'abolition de l'esclavage à Haïti, rédigé d'après des documents authentiques, par MM. Clarkson et Macaulay, et présenté par M. Buxton au comité de la Chambre des lords chargé, en 1832, d'examiner la question de l'esclavage, avec un extrait du rapport de ce comité ;— 2° Extrait des lettres d'un voyageur (Richard Hill, mulâtre de la Jamaïque) à Haïti, en 1830-1831 ; — 3° Examen du rapport adressé au gouvernement anglais par M. Charles Mackenzie, consul général d'Angleterre à Haïti, pièce imprimée par ordre de la Chambre des communes, du 17 février 1829.

CHAUCHEPRAT. — Le routier des Antilles, des côtes de terre ferme et de celles du golfe du Mexique, ouvrage rédigé au dépôt hydrographique de Madrid.

Ce livre, traduit en français en 1823, a eu en 1842 une troisième édition, à laquelle M. Rigaud de Genouilly a ajouté des documents traduits de l'anglais.

SCHOELCHER (Victor). — Colonies étrangères et Haïti ; résultats de l'émancipation anglaise. Paris, 1843, 2 vol. in-8°.

INGINAC (Joseph-Balthazar), Haïtien, secrétaire général du gouvernement sous Boyer, a publié le livre suivant, d'un style dur et incorrect, mais plein de vues profondes sur l'histoire de son pays, de 1793 à 1843. — *Mémoires*. Kingston Jamaïque, 1843, un vol. in-8°.

DESSALES. — Histoire générale des Antilles, Paris, 1846, 8 vol. in-8°.

MOREAU DE JONNÈS. — Histoire physique des Antilles. Paris.

LEPELLETIER DE SAINT-RÉMY. — Saint-Domingue. — Étude et solution nouvelle de la question haïtienne. Paris, 1846 ; 2 vol. in-8°.

Cette solution aurait consisté dans la cession à la France de la presqu'île et de la baie de Samana, dont on aurait fait l'entrepôt général des provenances de Saint-Domingue, soumises à un tarif intermédiaire. Cet ouvrage, d'un mérite exceptionnel, renferme un exposé complet de la situation politique, commerciale, agricole et financière. Il est suivi des conventions de 1831, 1833 et 1845, pour la répression de la traite ; du texte de la Constitution haïtienne du 30 décembre 1843 ; du texte de la Constitution dominicaine du 6 novembre 1844 ; de la loi rendue en France, en 1838, pour la répartition de l'indemnité, et d'une annexe bibliographique.

MADIOU (Thomas), Haïtien. — Histoire d'Haïti, Port-au-Prince ; 1847-1848 : 3 vol. petit in-4°.

M. Madiou n'a conduit son histoire que jusqu'à la fin de l'année 1807 ; il se proposait de la continner dans un quatrième volume qui n'a pas paru.

SAINT-RÉMY, Haïtien, des Cayes, a publié en France les ouvrages suivants : 1° Vie de Toussaint-Louverture ; Paris, 1850, 1 vol. in-8° ; — 2° Mémoires du général Toussaint-Louverture, écrits par lui-même, précédés d'une étude historique et critique, avec un appendice contenant les opinions de l'empereur Napoléon Ier sur les événements de Saint-Domingue. Paris, 1853, in-8o;— 3o Pétion et Haïti, étude historique. Paris, 1854-1855, 5 vol. in-12.

Ce dernier ouvrage a été interrompu par la mort de l'auteur; il s'arrête en 1803, quatre ans avant l'élévation de Pétion à la présidence.

NAU (Émile), Haïtien. — Histoire des caciques d'Haïti, Port-au-Prince, 1855, 1 vol. in-8o, suivi d'un appendice sur la géographie primitive d'Haïti, sur la langue des Aborigènes, et d'une flore indienne, travail de M. Eugène Nau.

D'ALAUX (Gustave). — L'empereur Soulouque et son empire, Paris, 1856, 1 vol. in-12.

D'HORMOYS. — Une visite chez Soulouque, Paris, 1859, in-12.

BERGEAUD, Haïtien. — Stella, Paris, 1859, 1 vol. in-12. (C'est un roman historique et politique sur Haïti, l'auteur y personnifie la race noire sous le nom de Romulus, et la classe mulâtre sous le nom de Rémus)

SAINT-AMAND, Haïtien. — Histoire des révolutions d'Haïti, tome Ier. Paris, 1860, in-8o. (L'auteur s'arrête en 1792.)

ARDOUIN (Beaubrun), Haïtien, ministre de la République d'Haïti, près le gouvernement français. — Études sur l'histoire d'Haïti, Paris, 1853-1860, 11 vol. in-8o. — Cet ouvrage, qui est le vrai monument historique d'Haïti, embrasse toute l'histoire de ce pays, jusqu'à la chute du président Boyer, c'est-à-dire jusqu'en 1843.

M. Ardouin a aussi publié : Géographie de l'île d'Haïti, précédée du précis et de la date des événements les plus remarquables de son histoire. Port-au-Prince, 1832, un petit volume in-4o, réimprimé sans changements en 1856.

LINSTANT PRADINE, Haïtien, ancien ministre d'Haïti à Londres. — Recueil général des lois et actes du gouvernement d'Haïti, depuis la proclamation de son indépendance jusqu'à nos jours, avec des notes historiques de jurisprudence et de concordance. Paris, 1860, tomes I et II allant jusqu'en 1817.

Nous croyons utile d'ajouter ici la mention de trois récentes brochures qui font connaître la situation contemporaine d'Haïti.

CHAROLAIS. — L'indépendance d'Haïti et la France. Paris, 1861 (brochure in-8e écrite à l'occasion de l'annexion de la République Dominicaine à l'Espagne, événement dont l'auteur fait ressortir les fâcheuses conséquences.)

BONNEAU (Alexandre). — Les intérêts français et européens à Santo-Domingo. Paris, 1861, brochure in-8°. — (L'auteur démontre que l'annexion de la République Dominicaine à l'Espagne est préjudiciable, non-seulement à Haïti, mais encore à la France et aux autres puissances maritimes, parce qu'elle rend l'Espagne maîtresse de la navigation dans les Antilles et dans le golfe du Mexique destiné à devenir la grande route des Nations.)

MELVIL-BLONCOURT. — Des richesses naturelles de la République Haïtienne et de sa situation économique. Paris, 1861, brochure in-8°. (Étude intéressante et consciencieuse, mais dont l'auteur s'est trop inconsidérément enrôlé sous la bannière de la petite école des *anti-gérontes*.)

TABLE DES MATIÈRES

APPENDICE.

www.ingramcontent.com/pod-product-compliance
Ingram Content Group UK Ltd.
Pitfield, Milton Keynes, MK11 3LW, UK
UKHW021045200726
13857UKWH00003B/835